Vorwort

AF176319

Das geschriebene Wort, der geschriebene Satz, der geschriebene Text, das geschriebene Buch sind der Ausdruck von Gedanken und Gefühlen des jeweiligen Autors an sich selbst und an uns. Das macht jede Geschichte und jeden Text auch so einzigartig und wertvoll. Für jede/n Leser/in ist es eine andere Stelle, die wichtig ist und sind es unterschiedliche Gedanken, die im Kopf hängen bleiben. Das macht es so interessant, über ein Buch zu reden.

Wir als Auszubildende des stationären Buchhandels beschäftigen uns tagtäglich mit Büchern. Unabhängig davon, sind und waren wir schon immer begeisterte Leser*innen. Als wir in der Berufsschule den Auftrag erhalten haben, ein Projekt zu gestalten, bei dem das Buch im Mittelpunkt stehen soll, sind wir uns nach einigem Überlegen einig geworden: Wir wollen ein Buch herausgeben. Es soll ein Buch über das Buch sein, eine Liebeserklärung an das Buch. Davon haben wir uns Unterstützung von Menschen, die in der Buchbranche arbeiten, geholt. Daraus ist dieses Buch entstanden. Wir wünschen euch und Ihnen viel Vergnügen!

Bibliographische Information der Deutschen Nationalbibliothek: Die Deutsche Nationalbibliothek verzeichnet diese Publikation in der Deutschen Nationalbibliografie; detaillierte bibliografische Daten sind im Internet über dnb.dnb.de abrufbar.

© 2021 Gebundene Worte

Herstellung und Verlag: BoD - Books on Demand, Norderstedt

ISBN: 978-3-7534-1700-4

Sebastian Fitzek

Wie sind Sie zum Schreiben gekommen?

Zum Schreiben bin ich über's Lesen gekommen, wie so wahrscheinlich jeder andere Autor auch. Ich habe schon in jungen Jahren sehr viel gelesen. Das lag wahrscheinlich an meinen Eltern, beides Deutschlehrer. Mein Vater hat mir sehr früh schon wahre Gruselgeschichten erzählt, aber auch Edgar Allan Poe Gedichte vorgetragen. „Der Rabe" ist nach wie vor eins meiner Lieblingsgedichte, aber ich habe mir auch ein Buch von Enid Byton „Unterm roten Dach" so oft aus der Schulbibliothek ausgeliehen, dass die Lehrerin, die die Bibliothek verwaltet hat, mir dann irgendwann das Buch geschenkt hat. „Die unendliche Geschichte" von Michael Ende beispielsweise hat mich so fasziniert, ich glaube da habe ich dann angefangen zu überlegen: „Mensch, steckt in mir vielleicht auch eine Geschichte drin?" Ich habe diesen Gedanken immer wieder und wieder und wieder zurück geschoben bis ich dann irgendwann mal, da war ich aber schon weit über 30, gedacht habe, das könnte jetzt eine Idee sein, da versuchst du dich auch mal dran. Aber wie gesagt vom Lesen zum Schreiben und das ist auch ein Tipp, den ich nur jedem geben kann: so viel lesen wie nur irgend möglich. Das inspiriert und motiviert.

Angefangen zu schreiben habe ich relativ spät. Jetzt mal davon abgesehen, dass ich Texte für einen Radiosender geschrieben habe, wo ich als Volontär war und später auch in der Programmdirektion gearbeitet habe. Das waren allerdings eher Moderationstexte. Ich habe als Jurist natürlich viele Texte und Schriftsätze verfassen müssen. Lust am Formulieren hatte ich also schon, aber angefangen zu schreiben, habe ich, als ich die allererste Thrilleridee hatte. Da saß ich in dem Wartezimmer eines Arztes und meine damalige Freundin, kam nicht wieder raus. Nach einer Stunde dachte ich mir, okay was ist, wenn sie da nie wieder rauskommt? Das war kein Wunschdenken, sondern die erste Thrilleridee. Was wäre, wenn mir jetzt alle sagen würden, sie wäre da gar nicht rein gegangen, sie hätte gar keinen Termin. Sie saßen die ganze Zeit alleine herum. So entstand „Die Therapie". Ein kleines Mädchen verschwindet spurlos aus dem Wartezimmer eines Arztes und man will dem wartenden Vater weiß machen, sie wäre dort gar nicht erst hinein gegangen.

Wie ist Ihr Bücherregal sortiert?

Das ist eine gute Frage. Also sortiert eigentlich gar nicht, weil ich die Angewohnheit habe, wenn irgendjemand kommt zu sagen: „Das musst du mal lesen." Ich nehme es irgendwo raus und stelle es wieder irgendwo rein. Dann verborge ich auch wahnsinnig viele Bücher, wo es ja heißt: man soll nur die Bücher verborgen, die man nicht mag, weil die, die man mag, sind dann eifersüchtig und kommen nie wieder zu einem zurück und bleiben woanders. Also insofern, mein Bücherregal ist weder nach Farben noch nach Größe, noch alphabetisch sortiert.

Mit welcher Figur aus meinem Buch ich mich sehr gerne mal unterhalten würde?

Mit allen, aber das tue ich ja auch täglich. Ich versetze mich sogar in diese Figuren hinein, in die guten wie in die bösen. Das ist es eigentlich, was man als Autor*in auf jeden Fall als Fundament braucht. Man braucht Empathie und das bedingt, dass man mit seinen Figuren in einem ständigen Dialog ist.

Was mögen Sie am liebsten an ihrem Beruf?

Dass ich mein Hobby zum Beruf machen konnte, wodurch es nie zu einer Arbeit wird, die man für andere macht, sondern in erster Linie eine Arbeit, die man für sich selbst macht. Mit seinem Debutroman beweist jede Autorin, jeder Autor, dass er/sie eh einen an der Klatsche hat und selbst dann schreibt, wenn man sich überhaupt nicht sicher sein kann, ob das irgendjemanden interessiert. Außerhalb des Verwandten- und Bekanntenkreises natürlich, die sowieso genötigt werden, das zu lesen. Also es ist so: wir setzen uns an den Schreibtisch, fangen als Debutanten an zu schreiben und wissen nicht, ob irgendjemand es überhaupt einmal in den Händen halten wird. Wir wissen noch nicht einmal, ob es veröffentlicht wird und trotzdem opfern wir unsere Zeit dafür. Die Energie, die wir da reinstecken, aber auch unsere Liebe zum Buch zeigt, dass wir auch weiterschreiben würden, wenn man uns dafür nicht entlohnen würde. Insofern ist es natürlich umso schöner, wenn man auf einmal merkt, da interessiert sich wohl jemand für meine Geschichte. Da ist dann sogar die Frage: Wann kommt denn das nächste? Wenn man seine Leidenschaft zum Beruf machen kann, dann wird aus dem Job eine Berufung. Ich glaube die habt ihr Buchhändler*innen auch mit eurer Berufswahl gefunden.

Warum sollte man sich die Zeit nehmen zu lesen?

Lesen ist wie verreisen. Man betritt fremde Welten, die normalerweise gar nicht betreten werden dürfen, weil sie einem verboten sind. Nimmt man z.B. bestimmte Schauplätze, wo sich vielleicht auch niemand reinwagen kann, wie Kriegsraum oder geheime Räume, die nicht zugänglich sind. Wir erfahren auf diesen Reisen etwas, was wie eine Reise im realen Sinne ist. Man bricht auf zu neuen Abenteuern, man lernt etwas auf der Reise und man kommt verändert nach einer Reise zurück. Jedes Buch verändert einen, jedes gute Buch macht etwas mit einem und das ist natürlich ein wahnsinnig toller Prozess. Lesen ist übrigens auch wie Hypnose, hat mir ein Psychologe mal gesagt. Wir starren zwar nicht auf ein Pendel, aber wir starren auf Buchstaben und je länger wir darauf starren, umso intensiver sind wir hypnotisiert und erleben, riechen, hören, sehen, fühlen, schmecken die Welt, in die wir abtauchen. Das ist auch meine ganz persönliche Erfahrung. Das ist der Unterschied zu einem Film, wo wir eben nicht hypnotisiert werden, sondern uns werden die Bilder vorgegeben. Was auch schön ist, gar keine Frage, aber deswegen ist das Erlebnis ein gutes Buch zu lesen eben noch sehr viel intensiver.

Lesen Sie auch in Ihrer Freizeit viel?

Ich würde gerne mehr lesen. Tatsächlich schreibe ich relativ viel, aber ja lesen ist nach wie vor mein liebstes Hobby. Ich kann auch nicht einschlafen, ohne nicht wenigstens irgendetwas gelesen zu haben.Aber je länger die Tage werden, umso kürzer wird die Passage, die ich vor dem Einschlafen lese.

Das Handy bleibt ein absoluter Zeitkiller. Ein guter Freund von mir hat sich jetzt einen Wecker gekauft. Er sagte: „Ich kaufe mir einen Wecker, um wieder mehr zu lesen." Das war der beste Tipp, den er mir geben konnte. Denn tatsächlich, wenn man sein Smartphone als Wecker benutzt, nimmt man es, wenn man sich schlafen legt, in die Hand und stellt sich seinen Wecker ein. Wenn das Handy schon mal in der Hand liegt, fängt man an die WhatsApps zu checken, nochmal Emails zu lesen oder auf dem Nachrichtenportal zu surfen. Ja und dann ist die halbe Stunde, die man sich fürs Lesen reserviert hatte, verdaddelt. Deshalb mein Tipp, um wieder mehr zu lesen, der Tipp meines Freundes: einen Wecker kaufen und ihn stellen. Das Handy ganz weit weg von dem Ort zu platzieren, an dem man liest oder vielleicht auch einschläft.

Welches Buch sollte jeder mal gelesen haben?

Das findet jeder für sich selbst heraus. Es ist nicht so, dass Leser oder Leserinnen sich die Bücher aussuchen. Sondern, meine Theorie, ein Buch findet immer seine Leserinnen und Leser. Das kann auch ein Buch sein, welches sonst kein anderer gelesen hat. Das ist wie mit Ideen, auch ich bin nicht derjenige, der sagt: „Ach jetzt will ich mal einen historischen Roman schreiben oder jetzt einen Psychothriller oder jetzt was Lustiges." Sondern ich habe eine Idee, ich weiß nicht, woher sie kommt, sie kommt zu mir. Das Buch sucht sich auch den Autoren oder die Autorin aus und nicht umgekehrt.

Welches Genre würden Sie nie schreiben?

Das geht damit einhand. Ich kann es mir nicht aussuchen, worüber ich schreibe. Das Thriller Genre habe ich mir nicht ausgesucht. Ich habe ein Buch geschrieben, welches ich selber gerne lesen wollte. Ich wusste es ist spannend - zumindest habe ich gehofft, dass es spannend ist. Aber als ich es dann zu den Verlagen eingeschickt habe (insg. 15 Verlage waren es, 12 haben abgesagt, 3 haben sich bis heute nicht gemeldet) wurde mir zurückgeschrieben, dass sie bei einem Psychothriller keine so großen Chancen sehen, wenn er in Deutschland spielt. Und da dachte ich erstmal: „Aha guck mal an, du hast einen Psychothriller geschrieben." Ich hatte außer „Lauf Jane, lauf" und vielleicht „Das Schweigen der Lämmer" gar keine Psychothriller gelesen. Das meiste waren klassische Thriller, Spannungsromane und Kriminalromane. Die Idee hat sich zu einem Psychothriller entwickelt und so ist es eben häufig. Sollte irgendwann mal eine Idee zu mir kommen und es ist Science-Fiction, die packt mich aber so sehr, dass ich sage: „Ja da möchte ich ein Jahr für opfern." Dann würde ich auch das Genre schreiben. Ich kann also nichts ausschließen, weil ich es mir nicht bewusst aussuche.

Planen Sie viel oder schreiben Sie einfach drauf los?

Ich plane relativ viel. Ich schreibe immer ein Exposé von mindestens 20-30 Seiten, wo ich alle Handlungsabläufe skizziere, auch die Figuren, das Wichtigste in einem Buch. Hier lege ich eine Legende und eine Agenda fest, ich weiß aber spätestens nach

80 Seiten verselbstständigt sich die Handlung. Verselbstständigen sich vor allem die Figuren und das ist ein wunderschöner Moment, weil da weiß ich, die Figuren kommen nicht mehr vom Reißbrett, sie haben jetzt ein eigenes Leben. Es ist gleichzeitig der Moment, der bei mir dann eventuell so ein Gefühl, einer leichten Denkblockade, nicht Schreibblockade, aber Denkblockade auslöst, weil ich dann Angst habe, dass die Figuren so ein Eigenleben entwickeln, dass dieses Buch gar nicht fertig wird oder gar keinen Sinn mehr ergibt. Ich bin ab diesem Moment spätestens ab Seite 80, degradiert zum Beobachter und nicht mehr der Gestalter oder der Lenker dieser Figuren. Das schlimmste was man in so einer Phase machen kann, ist im Übrigen, wenn man die Figuren zwingt das zu tun, was die Autorin oder der Autor will. Das merkt der Leser nämlich.

Sebastian Fitzek, geboren 1971 in Berlin, ist der erfolgreichste deutsche Psychothriller-Autor.

Nach einem Jurastudium und der Arbeit für verschiedene Radiostationen veröffentlichte er 2006 seinen Debüt-Roman „Die Therapie". Seitdem erschienen zahlreiche weitere Psychothriller, die alle die Bestsellerliste erreichten. Seine Bücher wurden in 24 Sprachen übersetzt und einige seiner Romane wurden für Film und Theater adaptiert.

Sebastian Fitzek lebt mit seiner Familie in Berlin.

Stefanie Hasse

Die Idee

Es beginnt mit einem Bild, einer Zeile aus einem Song, ja vielleicht sogar mit einem Werbespot. Wo die Ideen herkommen, können viele Autor:innen nicht genau sagen. Irgendwann ist sie da, saugt sich im Kopf fest, arbeitet im Unterbewusstsein, wächst oft unkontrolliert weiter, bis sie plötzlich – dem Piepen der Waschmaschine gleich – um Aufmerksamkeit schreit.

Auf einmal ist da mehr als ein einziges Bild. Da sind Figuren, eine ganze neue Welt, Abenteuer, Liebe und Drama.

Das ist der Moment, in dem ich aktiv werde. Lohnt es sich, die Idee weiter zu verfolgen, hat sie genug Potenzial und Konflikte, um ein Buch zu füllen?

Je mehr ich für eine dieser im Unterbewusstsein vorgegarten Ideen brenne, je größer das Fieber ist, das mich packt und je mehr ich alle Möglichkeiten durchgehe, aus dieser Idee mehr zu machen als eine Idee, desto größer ist die Wahrscheinlichkeit, dass sie irgendwann geschrieben wird, dass dasselbe Feuer, das mich erwischt hat, auch meine Agentin, später dann Lektor:innen und noch viel später auch Leser*innen packen wird.

Doch vielen Ideen geht in dieser ersten Brainstormingphase die Puste aus. Sie schaffen die lange Strecke nicht, können den vielen Anforderungen nicht standhalten. Es ist schwer,

Ideen loszulassen, für die man kurzfristig brennt. Aber sie sind nicht verloren. Sie sind da und finden sich vielleicht irgendwann mit einer anderen, ebenfalls zu kleinen Idee zusammen - und gemeinsam können sie Großes schaffen.

Stefanie Hasse ist eine Autorin und Buchbloggerin.

Sie schreibt fantastische Kinder- und Jugendbücher.

Sie lebt mit ihrem Mann und ihren Söhnen in Süddeutschland.

Volker Petri

Was ist Ihre Aufgabe als und für den Börsenverein?

Als Geschäftsführer des Börsenvereins Landesverband Nord sind ich und mein Team Ansprechpartner für die Belange unserer Mitglieder (in erster Linie Buchhändler, Verlage): zum Thema Verkauf, Arbeitsrechtsfragen oder Corona-Verordnung, wir suchen nach Lösungen. Neben den Gesprächen mit und Besuchen bei Mitgliedern vertreten wir deren Interessen in den fünf norddeutschen Ländern. Zusätzlich organisieren wir die Landesentscheide des Vorlesewettbewerbs, initiieren die Auszeichnung „Prädikatsbuchhandlung" und sind in vielen Jurys vertreten.

Kurz und gut: Alles was die Buch- und Verlagsbranche bewegt, kümmert uns!

Warum haben Sie sich für diesen Beruf entschieden?

Ich bin Buchhändler geworden, da ich das Lesen für mich entdeckte und eine kleine Buchhandlung „Die Bücherstube in Mölln" mich fragte, ob ich mir vorstellen könnte eine Ausbildung zu machen. So hat es begonnen. Danach habe ich in Hamburg gearbeitet, wurde Filialleiter, dann Assistent der Geschäftsführung, habe dann im Außendienst bei Libri gearbeitet und war vor der jetzigen Position bei der Buchhandlung Decius (12 Filialen) Vertriebsleiter.

Wie sind Sie zu Ihrem Beruf gekommen; was muss man können, wenn man für den Börsenverein arbeiten möchte?

Das Wichtigste ist, „Bücher und Menschen" zu mögen.

Wie sieht Ihr Berufsalltag aus? Was mögen Sie am meisten an Ihrem Beruf? Was gefällt Ihnen am wenigsten?

Am meisten mag ich die Vielseitigkeit der Aufgaben. Vom Stühlerücken bei der Jahreshauptversammlung, über Mitgliederbesuche und Gespräche mit politischen Entscheidern, bis hin zu strategischen Überlegungen „wie es mit der Branche" weitergeht, ist alles dabei. Im Moment startet der Tag mit einer Zoom-Konferenz unseres Teams und dann geht's los.

Endet Ihr Arbeitstag, wenn Sie nach Hause kommen oder beschäftigen Sie sich auch noch zu Hause mit der Arbeit?

Nein der Arbeitsalltag endet nicht, wenn ich nach Hause komme, denn im Moment machen wir hauptsächlich Homeoffice und es darf nur eine Person im Büro sein. Außerdem liebe ich die relativ freie Arbeitseinteilung, denn auch um 22:00 Uhr kann ich gut arbeiten.

Woran erkennt man ein gutes Buch?

„Ein gutes Buch erkennt man daran, dass es spannend ist". Ein Satz eines ehemaligen Deutschlehrers von mir, den ich für wahr halte: Wenn etwas spannend ist, kann man nicht genug davon bekommen.

Würden Sie sich noch einmal für den Beruf entscheiden, wenn Sie die Wahl hätten?

Ja!

Was ist Ihr Lieblings-Genre?

Ich bin eigentlich der typische Romanleser, habe aber in letzter Zeit die Reiseberichte für mich entdeckt. Vor allem Reisen in vergangener Zeit haben es mir angetan. Derzeit liegt bei mir „Carsten Niebuhr – Reisebeschreibung nach Arabien" auf dem Tisch.

Was war Ihr schönstes Erlebnis bisher? Können Sie eine kleine Anekdote aus Ihrem Berufsleben erzählen?

Es gibt viele schöne Erlebnisse. Vielleicht zeigt mein Besuch in einer kleinen Buchhandlung, wie liebenswert diese Branche ist. Ich besuchte die Buchhandlung vor zwei Monaten als Geschäftsführer des Landesverbands. Als ich zur Tür hereinkam, sagte der Buchhändler: „Herzlich Willkommen Herr Petri, wir haben uns nicht verändert in all den Jahren". Der letzte Besuch war 16 Jahre her, da war ich im Außendienst bei Libri.

Volker Petri

Geschäftsführer des Börsenvereins Landesverband Nord

Klaus-Peter Wolf

Kolumne 6 – Der Erfolg

Heute werde ich oft gefragt, ob ich den irren Erfolg meiner Ostfriesenkrimireihe erklären könnte.

Am liebsten hätte man ein Rezept von mir, am liebsten eins, das dann jeder nachkochen kann.

Das war nicht immer so. Am Anfang wurde ich - gerade in der Verlagsszene - belächelt, weil ich Kriminalromane schreiben wollte, die in Ostfriesland spielten.

Ich begann ein großes Gesellschaftspanorama zu schreiben. Angelegt auf viele tausend Seiten. Der Kriminalroman schien mir die richtige Form zu sei. Darin konnte ich vom Riss erzählen, der durch die Gesellschaft geht und in die Abgründe der menschlichen Seelen schauen. Ein Kollege sagte mir: „Lass das Klaus-Peter. Du wirst Dich blamieren." Er zählte seine Bedenken auf: „Erstens, die Ostfriesen lesen nicht. Zweitens, außerhalb Ostfrieslands interessiert sich keine Sau dafür, was da los ist."

Welch ein Irrtum. Ostfriesland wurde in den sechziger Jahren durch Hansjörg Martin zur Wiege des deutschen Kriminalromans. Höchstens noch in Island gibt es mehr Kriminalschriftsteller als in Ostfriesland. Christiane Franke, Heike und Peter Gerdes und Manfred C. Schmidt morden hier. Etwas in Ostfriesland regt Autoren an, literarische Verbrechen zu begehen.

Aber konnte ich meine Ostfriesenkrimis wirklich dem Fischer Verlag anbieten? Würde man da nicht die Nase rümpfen?

Immerhin ist es der Verlag von Thomas Mann und Franz Kafka. 150 Jahre deutsche Verlagstradition. Zig Nobelpreisträger im Programm. Aber der damalige Verleger Peter Lohmann glaubte an das Buch und die Lektorin Andrea Diederichs fand Spaß daran. Eine kleine Auflage wurde vorsichtig gestartet. Ich setzte auf Lesungen, wollte mein Publikum live überzeugen. Bei der ersten Veranstaltung in Leer machte die Stadt ihrem Namen alle Ehre. Von Tourneen durch ausverkaufte Theater und Stadthallen habe ich damals nicht einmal geträumt.

Schon im Süden von Niedersachsen wollten Buchhandlungen, meine Ostfriesenkrimis nicht in ihr Sortiment aufnehmen. Von Läden in Bayern, Hessen und Baden-Württemberg ganz zu schweigen. Die Literaturkritik ignorierte die Romane. Doch dann geschah das Wunder. Leserinnen und Leser begannen über die Bücher zu sprechen. Eine ungeahnte Flüsterpropaganda wisperte durch das Land. Ostfriesland wurde zum Epizentrum des Erfolges oder zum Hotspot wie man heute wohl sagt, denn viele wurden dort mit dem Virus infiziert. Dreizehn Millionen verkaufter Bücher. Elf Romane starteten von Null auf Platz 1 in der Spiegel Bestsellerliste. Ich kann es selbst kaum glauben…

Kolumne 9 – Masken Sommerfeldt

Ich wollte mit dem Zug von Hannover nach Ostfriesland zurück. Eigentlich liebe ich das Zugfahren. Bei langen Reisen schreibe ich gerne. Ich sehe ein, dass man einen Mund-Nasen-Schutz tragen muss, aber nach ein paar Stunden wurde er mir lästig. Das Atmen fiel mir schwerer. Ich schrieb aus der Perspektive meiner Kommissarin Ann Kathrin Klaasen. Sie stand gerade am Deich und sah auf die Nordsee. Sie atmete tief durch. Am liebsten hätte ich mir die Maske abgerissen, aber ich tat es natürlich nicht. Stattdessen riss ich mich zusammen. Wir waren schon kurz vor Oldenburg. Im nächsten Kapitel wechselte ich die Perspektive und schrieb als Serienkiller Dr. Bernhard Sommerfeldt weiter. Ich ging wie immer ganz rein in die Figur. Sah die Welt aus seiner Sicht. Welch eine Erlösung!

Plötzlich liebte ich die Maske. Für einen gesuchten Verbrecher, nach dem per Steckbrief gefahndet wird, ist die Maskenpflicht eine Befreiung. So kann er hoffen, unerkannt zu bleiben. Sommerfeldt hat schon versucht, eine Gesichtsoperation für sich zu organisieren. Mit plastischer Chirurgie ist heutzutage vieles möglich, aber ein Mund-Nasen-Schutz tut es auch. Endlich kann er sich wieder frei bewegen.

Ich recke mich, als sei ich aus einem tiefen Schlaf erwacht. Jetzt lebe ich ganz in meiner literarischen Figur. Der falsche Doktor hat bei einigen Verbrechen eine schwere Teufelsmaske getragen. Verglichen damit ist die hellblaue, dreilagige Einwegmaske aus Vliesstoff sehr bequem, auch wenn dafür viele Polypropylens sterben mussten. Ich fiebere jetzt

Ostfriesland entgegen. Ich will als Dr. Sommerfeldt endlich seine Lieblingsorte wieder besuchen. In Oldenburg ins Café Klinge. In Neßmersiel in Aggis Huus und in Norden natürlich zu ten Cate.

Im Roman steige ich in Emden aus. Da Sommerfeldt zu Scherzen aufgelegt ist, besucht er das Polizeikommissariat am Bahnhofsvorplatz. Er geht mit Maske rein und fragt nach dem Weg. Eine freundliche Polizistin erteilt gerne Auskunft. Welch ein Gefühl! Da hängt sein Steckbrief. Hier steht er. Übermütig mietet er sich einen Leihwagen und fährt nach Aurich. Mit dem Zug kann man die schöne Stadt nicht erreichen. Dort parkt er in der Tiefgarage am Marktplatz und besucht stolz die Sparkasse. Nein, niemand löst einen Alarm aus. Welch ein Gefühl! Ein Hurra auf die Atemschutzmaske! Sommerfeldt will noch ein bisschen unerkannt in Aurich bummeln. Ich lasse ihm das Vergnügen.

Die Bahnfahrt verging viel zu schnell. Ich fuhr zu weit. Durch bis Norddeich. Rasch packte ich meine Schreibutensilien zusammen und stieg aus. Jetzt zum Deich und tief durchatmen, als Klaus-Peter Wolf….

Klaus-Peter Wolf wurde 1954 in Gelsenkirchen geboren und lebt als freier Schriftsteller und Drehbuchautor in Norden in Ostfriesland. Er schreibt unter anderem für die Fernsehserien „Tatort“ und „Polizeiruf 110“. Die Bücher seiner Ostfriesland-Reihe erreichen regelmäßig die Bestsellerliste. Für Kinder schreibt er zudem gemeinsam mit seiner Lebensgefährtin die Reihe „Die Nordseedetektive“.

Klaus-Peter Wolf wurde für seine Bücher und Filme mit zahlreichen Preisen ausgezeichnet.

Carina Falke

Was ist Ihre Aufgabe im Verlag?

Ich bin Referentin für PR & Veranstaltungs-management. Das heißt, ich vermittle und organisiere Autor*innenlesungen, kümmere mich um unseren Buchmesseauftritt in Leipzig und die Veranstaltungen auf der Frankfurter Buchmesse und kommuniziere unsere Bücher an wichtige Multiplikator*innen.

Warum haben Sie sich für diesen Beruf entschieden?

Ich habe schon immer viel und sehr gerne gelesen. Deswegen war für mich klar, dass ich etwas mit Büchern machen möchte. Man verbringt ja einen sehr großen Teil seines Lebens auf der Arbeit. Da ist es gut, wenn man für seinen Job Begeisterung aufbringen kann.

Wie sind Sie zu Ihrem Beruf gekommen?

Ursprünglich wollte ich eigentlich ins Lektorat. Nach meinem Studium habe ich aber dann eine Ausschreibung des Loewe Verlags für ein Volontariat in der Presse- und Öffentlichkeitsarbeit gesehen, die perfekt zu mir gepasst hat. Nach meinem Volontariat wurde ich dann als Referentin angestellt.

Wie sieht Ihr Berufsalltag aus?

Den Großteil meiner Arbeit macht der Kontakt mit Veranstalter*innen, Autor*innen, Illustrator*innen und anderen Multiplikator*innen per Mail oder

Telefon aus. Außerdem schreibe ich viele Pressetexte und konzipiere Werbemittel, unternehme Dienstreisen zu Veranstaltungen und Buchmessen und plane zusammen mit unserem Team die Marketingmaßnahmen für unsere Neuerscheinungen. Zusätzlich versuche ich mir zwischendurch Zeit zu nehmen, um Ideen für neue Angebote oder Konzepte zu entwickeln.

Was mögen Sie am meisten an Ihrem Beruf? Was gefällt Ihnen am wenigsten?

Am meisten macht mir der Kontakt zu den Autor*innen und Illustrator*innen Spaß. Ich freue mich immer, wenn ich sie persönlich treffen und ihnen tolle Veranstaltungen vermitteln kann. Ansonsten bin ich immer gespannt auf unser neues Programm und stelle sehr gerne interessierten Veranstalter*innen unsere Bücher vor. Allgemein liebe ich es einfach, am Entstehungsprozess der Bücher beteiligt zu sein und hinter die Kulissen blicken zu können.

Lesen Sie auch privat viel?

Ich lese immer noch sehr gerne und viel. Allerdings nicht so viel wie früher.

Woran erkennt man ein gutes Buch?

Für mich persönlich zeichnet ein gutes Buch, neben einem tollen Cover, aus, wenn einen die Geschichte so fesselt, dass man beim Lesen gar nicht merkt, wie viele Seiten man bereits gelesen hat und nicht mehr aufhören kann. Und wenn die Geschichte auch nach

Beenden immer noch nachhallt, man vielleicht gedanklich in der Welt bleibt und sich auch Wochen, Monate, Jahre später an das Buch erinnert.

Würden Sie sich noch einmal für den Beruf entscheiden, wenn Sie die Wahl hätten? Warum sind Sie genau bei diesem Verlag?

Wenn ich die Wahl hätte, würde ich mich noch einmal für die Verlagsbranche entscheiden. Ich liebe es einfach den ganzen Tag von Büchern umgeben zu sein und mich mit ihnen zu beschäftigen. Ich bin auch ein großer Fan von Kinder- und Jugendliteratur, da passt der Loewe Verlag als einer der führenden Kinder- und Jugendbuchverlage im deutschsprachigen Raum perfekt.

Was ist Ihr Lieblings-Genre?

Das ist gar nicht so einfach. Wenn ich mir mein Bücherregal anschaue, ist es wohl Kinder- und Jugendliteratur, Fantasy und Thriller.

Carina Falke

Referentin für PR & Veranstaltungsmanagement

Loewe Verlag GmbH

Verena Petrasch

Rolander oder Vom Zauber der Bücher

Zugegeben: Das Schreiben und ich hatten keinen guten Start. Dem Fach Deutsch habe ich meine erste und einzige schlechte Volksschulnote zu verdanken. Meine freie Interpretation beim Vervollständigen von Sätzen stieß bei meinem Lehrer auf keinerlei Verständnis. Im Gegensatz zu mir fand er das Gedankenspiel „Ich frühstücke …in der Badewanne" kein bisschen amüsant und quittierte es mit einem dicken, roten „Falsch!" Auch ins Lesen fand ich schwer hinein. Die Texte, die mir vorgesetzt wurden, langweilten mich. Bald war ich eine der langsamsten Leserinnen in meiner Klasse.

Doch eines Tages schenkte mir meine Mutter Pipi Langstrumpf, und da war es um mich geschehen: Dieses freche, querdenkende, unerschütterliche Mädchen zog mich mit seinen verrückten Abenteuern völlig in seinen Bann. Nach nur wenigen Seiten wusste ich: Pipi würde bestimmt mit Begeisterung in der Badewanne frühstücken. Und so las ich das Buch in einer einzigen Nacht (heimlich, mit der Taschenlampe unter der Bettdecke) durch. In dieser Nacht war ich zu einer Leserin geworden. Es folgten Bücher wie Die Omama im Apfelbaum, Die kleine Hexe und Momo, und irgendwann verstand ich: Es gibt Geschichten, in denen ein Zauber liegt. Ein Zauber, der einen beim Lesen alles rundherum vergessen lässt und irgendetwas im Innern bewegt.

Als würden innendrin Flügel wachsen, die einen überallhin tragen können, weil sie in der Lage sind, jede Grenze zu durchbrechen. Und weil ich schon damals weder dem Fliegen noch der Zauberei noch der Überschreitung von Grenzen abgeneigt war, beschloss ich: „Ich werde nun auch Bücher schreiben, die zaubern können." Damals war ich vielleicht acht oder neun Jahre alt.

Ich schrieb also munter drauflos, begann einen Roman nach dem anderen und schloss keinen ab. Irgendwann wurde mir klar, dass Ideen und ein Hang zur Magie nicht ausreichen, um ein Buch zu schreiben, sondern dass ein Autor auch ziemlich viel Ausdauer braucht. Dass man diese Ausdauer nur dann aufbringen kann, wenn man an der richtigen Idee arbeitet, und dass auch nur die richtige Idee eine Zauberkraft entfalten kann, verstand ich damals noch nicht. Heute aber weiß ich: Wenn die richtige Geschichte da ist (Mit „richtig" meine ich kein allgemeingültiges Richtig, sondern ein ganz subjektives, individuelles.), ist es wie ein Überfallenwerden. Es ist dann egal, ob man Grafikdesign, Mathematik, Literaturwissenschaften oder Musik studiert hat, es gibt kein Entkommen; Man muss schreiben. Weil Handlungen und Charaktere lebendig werden, sich förmlich aufdrängen. Die Grenzen zerfließen, alles geht ineinander über, und die Geschichte wird plötzlich Teil des echten Lebens.

Zum ersten Mal erlebte ich das während meiner Arbeit an meinem Debutroman Sophie im Narrenreich (erschienen bei Beltz und Gelberg im Frühjahr 2017): Ich hatte schon eine geraume Zeit an dem Buch gearbeitet, als ich plötzlich in der Geschichte steckenblieb. Meine Protagonistin Sophie stand vor einem entscheidenden Schritt: Sie sollte die reale Welt verlassen und sich auf eine abenteuerliche Reise quer durch das Narrenreich begeben. Doch ich wusste nicht, wie ich sie zu diesem Schritt bewegen sollte. Ganz allein würde sie ihn nicht tun, da war ich mir sicher. Sie brauchte Hilfe. Und irgendwann war für mich klar: Ein Narr muss her! Ein Narr, der ihr einen kleinen Schubs gibt. Fast ein wenig halbherzig, einfach nur, damit Sophie endlich losgeht, zauberte ich also einen Narren herbei und gab ihm den Namen Rolander. Ich schenkte weder seiner Figurenzeichnung noch der Namensgebung große Bedeutung, schließlich sollte Rolander ja nur einen kurzen Gastauftritt in der Geschichte bekommen. Sobald Sophie ihre Reise angetreten hatte, sollte er wieder verschwinden. Doch es kam anders: Ich wurde ihn nicht mehr los. Genau genommen wurde Sophie ihn nicht mehr los. Er blieb mehr oder weniger an ihr kleben. Anfangs sträubte sich etwas in mir gegen Rolanders Bleiben, doch dann begegnete er mir im wahren Leben, und diese Begegnung veränderte alles:

Ich saß mit einem Freund, Daniel, im Zug von Vorarlberg nach Wien. Ich wollte an meinem Roman arbeiten und schlug mein Notizbuch auf. Daniel war neugierig und fragte mich über das Buch aus. Weil mich Rolander zu diesem Zeitpunkt beschäftigte, berichtete ich von ihm, beschrieb ihn, erzählte von seiner Vorliebe für Schokoladeosterhasen und davon, dass er gegen meinen Willen nicht mehr von Sophies Seite wich. Kurz darauf fuhr der Zug in Innsbruck ein, und plötzlich steckte ein zugestiegener Passagier seinen Kopf in unser bereits vollständig besetztes Sechserabteil. Ich blickte auf und sah … Rolander! Er starrte auf mein Notizbuch und fragte: „Schreibst du ein Märchenbuch?" Ich nickte irritiert: „Ja, so etwas Ähnliches." Da beugte er sich zu mir vor, zeigte mit Zeige- und Mittelfinger auf seine Augen und sagte langsam und eindrücklich: „Dann schau mich ganz genau an. Vielleicht komme ich ja auch darin vor." Während er das Abteil verließ, murmelte er etwas von Schokoladeosterhasen. Bei der nächsten Station stieg er aus. Wäre nicht Daniel mit mir im Abteil gesessen und Zeuge dieser Begegnung gewesen, und hätte er in diesem Mann nicht auch Rolander gesehen, so wie ich ihn zuvor beschrieben hatte, hätte ich wohl an meinem Verstand gezweifelt. So aber wusste ich, dass mich Rolander wirklich besucht hatte. Wahrscheinlich hatte er mich von seinem Bleiben überzeugen wollen. Und das war ihm gelungen. Rolander wurde nämlich einer der interessantesten Charaktere des Buchs für mich. Vielleicht war er sogar der Grund, warum ich Sophie im Narrenreich fertig schrieb. Ich wollte unbedingt herausfinden, wer dieser undurchschaubare Kerl ist. (Verraten hat er es mir allerdings bis heute nicht. – Aber das ist eine andere Geschichte.)

Es war jedoch nicht nur das Bleiben im und am Buch, das die Zugbegegnung mit Rolander bewirkt hat. Letztendlich war es etwas viel Größeres: Sie war für mich ein Beweis, dass Geschichten und Bücher tatsächlich Grenzen durchbrechen können, dass in ihnen nicht nur ein gedanklicher, sondern ein echter Zauber liegt. Es war der Moment, in dem ich verstand, wie viel Kraft in Büchern liegt. Gleichzeitig wurde ich mir aber auch der Verantwortung bewusst, die ein Autor trägt. Denn es ist eine Kraft, die beides kann: Etwas zerstören und etwas Wunderschönes entstehen lassen. Die Begegnung mit Rolander war der Tag, an dem ich mit Herz und Seele „Ja" zu dieser Verantwortung sagte, an dem ich meinen ursprünglichen Beruf ad acta legte und mich ganz fürs Schreiben entschied. Plötzlich hatte ich das Gefühl, etwas bewegen zu können, und ich wusste: Wenn es mir gelingt, das eine oder andere Kind durch meine Bücher so zu berühren, dass etwas in seinem Inneren größer, weiter, offener wird, und wenn diese innere Weite Flügel bekommt und losfliegt und irgendetwas da draußen zum Guten verändert, dann habe ich als Schriftstellerin viel erreicht, dann ist mir der Zauber gelungen.

 *Verena Petrasch wurde 1981 in der Schweiz geboren und wuchs in Österreich auf. Sie verbrachte ihre Freizeit als Leistungssportlerin in Fechthallen, mit Jazzmusikern am Klavier, spielte Bratsche in einem Orchester und ging nirgendwohin ohne Bücher, Notizblöcke und Stift. An der Universität für Angewandte Kunst in Wien und in Göteborg studierte sie Grafikdesign, in Innsbruck Management. Nach längeren Auslandsaufenthalten lebt arbeitet sie nun als freie Schriftstellerin in Linz / Oberösterreich. Sie schreibt Romane für Kinder und Radiogeschichten.*

Website: www.verenapetrasch.com

Marcus Dahmke

Über Papierhäuser oder die Gefahr mit Büchern zu leben (und zu sterben)

Es steht ein kleiner und – betrachtet man nur den Rücken – vielleicht etwas unscheinbarer Band in meinem Bücherregal, der sich aber einer fast schon fanatischen, ritualisierten jährlichen Relektüre rühmen darf. Die Rede ist von der 2002 erstmals in Argentinien erschienenen Erzählung La casa de papel des Schriftstellers Carlos María Domínguez. Das Papierhaus (in der deutschen Übersetzung von Elisabeth Müller) übt immer noch einen so starken literarischen Sog aus, dass ich nicht von dieser Geschichte lassen kann.

Die Protagonisten, so unterschiedlich sie auch sind und so unterschiedlich sie in ihrer Welt mit Büchern leben und umgehen, sind einem über die Jahre ans Herz gewachsen. Jeder von ihnen war sich – oder war sich auch nicht?! – einer Tatsache schmerzlich bewusst: das Leben mit Büchern ist gefährlich!

So wird bereits die erste Person, die man in der Erzählung kennenlernt, noch im ersten Satz in einem Buch lesend umgebracht, von einem Auto überfahren. Was für eine Ironie. Die Flucht in andere Welten bewahrt einen eben nicht – auch wenn man sich das manchmal wünschen würde – vor dem Unbill der realen Welt.

Vielleicht nicht so radikal und unumkehrbar, aber wer – zumindest unter den Lesenden – kennt es nicht: die Zeit-Ort-Vergessenheit spannender Lektüre. Wie viele Haltestellen wurden weltweit schon mit einem Buch in der Hand verpasst?

Zu den häufigsten Unfällen im Zusammenhang mit Büchern gehört weniger das Überfahren werden als das Erschlagen werden. Beulen und Schnittwunden bei der Arbeit mit Büchern sind vorprogrammiert. Es wird wohl keinen Buchliebhaber geben, der ganz unfreiwillig schon mal Blutbrüderschaft mit einem Buch geschlossen hat oder andere skurrile Unfälle in privaten und öffentlichen Bibliotheken erlebt hat.

Schon mal ein Buch ausgeliehen und nicht wiederbekommen? Oder gedacht, eines ausgeliehen zu haben und es in Wahrheit nur nicht wiedergefunden...?

Auch wenn man sich über die Schusseligkeit (oder Habgier) des Anderen gerne mal ärgert, eigentlich muss man sich an die eigene Nase fassen, finden Sie nicht auch?!: Immerhin hätte man sich ja merken können, wem man dieses eine bestimmte Buch ausgeliehen hat. Und ehrlich gesagt: Meistens ist die Unauffindbarkeit doch ein Indiz dafür, dass man zu viele Bücher besitzt...

Zu viele Bücher? Kann man zu viele Bücher haben? Welche Vor- und Nachteile bringt ein überquellendes Bücherregal mit sich?

Scheinbar alle Protagonisten in Das Papierhaus haben mit einer Vielzahl von Büchern zu kämpfen. Eine von vielen Fragen, die sie sich stellen: Wohin damit? Die allgegenwärtige Platzfrage. Als Buchhändler und Geisteswissenschaftler kommt man schon berufsbedingt mit vielen Haushalten in Kontakt, in denen das Buch – und gemeint ist hier wohlweislich die gedruckte Version – zum festen Inventar gehört und aus den eigenen vier Wänden nicht mehr wegzudenkenden ist. Bücher, die man auf dem Flohmarkt entdeckt, die man geschenkt bekommen hat, die auf Reisen oder in der Lieblingsbuchhandlung nebenan gekauft worden sind, Bücher, die gelesen oder ungelesen in den Regalen stehen; Bücher, mit denen man arbeitet, mit denen man herbstlich gefärbte Blätter presst; Bücher, die ein fehlendes Tischbein ersetzen, die ausgehöhlt einige Schätze beherbergen usw. usf.

Jeder richtet sein Bücherzimmer, wenn es denn ein spezielles Zimmer für die Bücher gibt, ansonsten das Regal oder auch das Regalbrett, ganz individuell ein. Viele Ordnungen ändern sich jährlich, alleine durch die Tatsache, dass Bücher ausziehen oder neue einziehen. Mit den saisonalen Wellen der Buchmessen Leipzig und Frankfurt, zu denen traditionell immer noch die meisten Romane erscheinen, muss man sich alle Jahre wieder mit den gleichen – oh ja! – Luxusproblemen herumschlagen. Einfacher fällt einem die Entscheidung trotzdem nicht, welcher Band bleiben darf, welcher nicht. Vor allem, wenn man bedenkt, dass das gedruckte Buch niemals nur seine eigene – die im wahrsten Sinne des Wortes eingeschriebene – Geschichte transportiert, es erzählt unter Umständen auch die Geschichten seiner Reisen und seiner Vorbesitzer und Vorbesitzerinnen.

Mit vielen Büchern verbindet man überdies eigene Erinnerungen, die diesen anhaften wie Gerüche; ob nun bekannte, mehr oder weniger anregende oder auch abstoßende. Wenn man diese „Erinnerungsbücher" aufschlägt und vielleicht Sandkörner, Einkaufszettel oder andere Notizen, Postkarten wieder auftauchen, erschrickt man vielleicht, weil man einige Erinnerungen vergessen meinte. Und wenn man ermutigt von dieser unverhofften Wiederbegegnung die Seiten umblättert, hier und da Passagen liest, ist man vielleicht verwirrt, weil man den Inhalt im Vergleich zur Erstlektüre auf einmal ganz anders wahrnimmt. Oder man schwimmt wieder gemütlich in bekannten Wortmeeren, die einen an kindliche Gestade oder in andere Zeiten zurückkehren lassen.

Jedes Jahr entdecke ich etwas Neues im Papierhaus und wenn es nur die plötzlich einleuchtende Bedeutung einzelner Worte ist: Silberfischchen rangierten in einem bestimmten Jahr ganz oben auf einer bisher zu Unrecht nicht als Ärgernis wahrgenommenen Plage für die Buchwelt. Die Relektüre belehrt.

Egal, ob Gelegenheitsleser, Buchliebhaber, Buchhändler, Bibliothekar, Verleger, Autor etc., egal, wo auf der Welt man sich gerade befindet, mit jedem neuen Buch, aber auch mit jedem, das einen wieder verlässt, baut der Leser und die Leserin an seinem persönlichen Papierhaus – hoffentlich ohne Mörtel! – und gestaltet dieses je nach Lebenslage neu.

Aber nicht vergessen: Nicht den Kopf über der Lektüre verlieren! Zumindest nicht beim Überqueren der Straße.

Marcus Dahmke studiert Deutschsprachige Literaturen im Master an der Universität Hamburg und ist wissenschaftliche Hilfskraft im Team der Walter A. Berendsohn Exilforschungsstelle.

Nebenher arbeitet er in seinem ersten Ausbildungsberuf als Buchhändler.

Andreas Gruber

Wie sind Sie zum Schreiben gekommen?

Ich wollte immer schon Schriftsteller werden, schon als kleiner Junge mit sieben Jahren. Ich wollte Geschichten erfinden, Figuren entwerfen und meiner Fantasie freien Lauf lassen. Außerdem wollte ich ein Publikum mit meinen Ideen unterhalten. Nach vielen erfolglosen Versuchen, die ich alle Jahre neu gestartet habe, hat es dann endlich mit 29 Jahren geklappt und meine ersten Kurzgeschichten wurden in Magazinen veröffentlicht.

Wie sind Sie zum Lesen gekommen?

Ich habe während der Volksschulzeit mit acht Jahren eine Leihbücherei in der Nähe unserer Wohnung in Wien entdeckt und mir dort um einen Schilling – umgerechnet 7 Euro-Cents – pro Woche ein Buch ausgeborgt. In der Folge habe in den Ferien Dutzende Bücher gelesen. Mit vierzehn Jahren habe ich schließlich Stephen King für mich entdeckt.

Wann haben Sie angefangen zu schreiben?

Mit sieben Jahren die ersten Kurzgeschichten und Romanversuche, mit 29 Jahren dann die ersten Veröffentlichungen. Ab dem 46. Lebensjahr dann hauptberuflich.

Was fasziniert Sie am meisten an Büchern?

Dass man der Realität entfliehen und in neue fantastische und spannende Welten eintauchen kann, die so lebendig erzählt sind, dass man gar nicht daraus wieder zurückkehren möchte.

Außerdem mag ich den Geruch von Büchern und das Knistern der Seiten, vor allem, wenn es draußen kalt ist, regnet oder schneit, und man sich mit einem guten Buch stundenlang in die warme Stube zurückziehen kann.

Wie ist Ihr Bücherregal sortiert?

Viele Methoden habe ich im Lauf der Jahre ausprobiert. Zuerst nach Genres (Horror, Science-Fiction, Thriller, Fantasy, Humor), doch davon bin ich mittlerweile wieder abgekommen, weil ich das Gesamtwerk bestimmter Autoren wie Dean R. Koontz oder Stephen King dann zerreißen müsste. Also sind sämtliche Romane und Kurzgeschichten alphabetisch nach Autoren sortiert. Innerhalb des Autors nach Größe absteigend sortiert, d.h. als erstes die Hardcovers, dann die Paperbacks und zuletzt die Taschenbücher.

Meine Sachbücher sind allerdings nach Themenbereichen sortiert (Geschichte, Politik, Religion, Film, Musik, Psychologie, Philosophie) und die Comics haben einen eigenen Platz in den Regalen.

Mit welcher Figur aus einem Buch würden Sie sich gerne mal unterhalten?

Mit Graf Dracula, weil es mich fasziniert, wie es so ist, wenn man Jahrhunderte alt ist, unsterblich ist und in einem Schloss wohnt. Oder mit Connor MacLeod, dem Highlander. Der Gedanke der Unsterblichkeit hat mich immer schon fasziniert.

Ein Gespräch mit Hannibal Lecter wäre auch sehr interessant, über seinen Zwang, Menschenfleisch zu essen.

Wie sieht ein typischer Arbeitstag für Sie aus?

Um 7 Uhr früh in den Wald walken, mit einem Hörspiel am mp3-Player, danach Wirbelsäulengymnastik und Dehnen. Um 8.30 Uhr Frühstück. Das Schreiben beginnt um 9 Uhr und geht bis 15 Uhr. Danach 90 Minuten auf den Heimtrainer bei einem Film oder zwei Folgen einer TV-Serie. Anschließend spätes Mittagessen und bürokratische Tätigkeiten bis 20 Uhr.

Ich habe mir diesen Mix aus Sport und Arbeit im Lauf der Jahre angewöhnt, da ich sonst vom ständigen Sitzen beim PC, Rückenschmerzen bekomme.

Was mögen Sie am liebsten an Ihrem Beruf?

Schräge Figuren mit Macken, Ecken und Kanten erfinden, sowie coole Dialoge, interessante Schauplätze und originelle Handlungen, die ich mit Rückblenden und Nebenhandlungen so verschränke, dass eine komplexe Story entsteht. Diese Roman-Planung dauert ca. 2 Monate, das ist für mich die kreativste Arbeit an einem Buch, und da kann ich so richtig aus den Vollen schöpfen.

Warum sollte man sich die Zeit nehmen zu lesen?

Weil es eine aktive Tätigkeit ist, die das Hirn fördert und trainiert, und keine so passive Tätigkeit, wie sich von einem TV-Gerät einlullen zu lassen oder vor einem Computerspiel zu sitzen. Ich glaube, dass Menschen, die viel lesen, nicht so leicht „verdummen" wie Menschen, die nicht lesen.

Wo schreiben/lesen Sie am liebsten?

Ich schreibe am liebsten im Wintergarten unseres Hauses, oder auf der Terrasse unseres Sommerhäuschens am See oder unterwegs in Zügen oder in Hotels, wenn ich auf Lesereisen bin. Eigentlich schreibe ich überall gern. Mit meinem Laptop, Schreibmusik auf der Festplatte und Kopfhörern bin ich sehr unabhängig und kann überall in mein Buch eintauchen. Gern auch in Kaffeehäusern, wo es Cappuccino und Apfelstrudel mit Vanillesoße gibt.

Lesen Sie auch in Ihrer Freizeit viel?

Leider nicht mehr so viel wie früher, als ich noch nicht geschrieben habe, denn durch meine Schreibarbeit bin ich gezwungen, meine eigenen Manuskripte öfter zu lesen und die zu überarbeiten. Aber pro Monat schaffe ich es, zwei Romane auszulesen. Im Urlaub mehr.

Wie viele Notizbücher (beschriebene oder unbeschriebene) haben Sie bei sich liegen?

Ein Notizbuch liegt immer in der Schublade neben

meinem Bett, denn wenn mir nachts Ideen kommen, muss ich die sofort aufschreiben, weil ich sie sonst am nächsten Tag vergessen habe. Sonst habe ich keine Notizbücher bei mir. Wenn Ideen spontan auftauchen, müssen sie auf Zeitungen oder Servietten gekritzelt werden.

Wie überwinden Sie eine Schreibblockade?

Ich stoppe meine Arbeit bewusst für zwei bis drei Tage, unternehme intensive Wanderungen in den Wald bei Hörspielen am mp3-Player, oder ich mache so genannte „Film-Festivals", indem ich mir zu Hause eine komplette TV-Serie oder eine Film-Reihe wie „Resident Evil", „Indiana Jones" oder „Stirb Langsam" ansehe, damit ich auf andere Gedanken komme.

D.h. ich versuche, mich abzulenken und nicht zwanghaft ans Schreiben zu denken. Nach dieser kreativen Pause, in der ich viel Inspiration getankt habe, sprudeln meistens wieder die Ideen und die Motivation zum Schreiben ist auch wieder da.

Wie schreiben Sie am liebsten? (PC, Stift und Papier, etc.)

Am PC mit Windows Word. Wenn ich allerdings Manuskripte überarbeite, muss ich sie mir am Papier ausdrucken. Und zwar mit je 2 Seiten im A4-Querformat. Damit simuliere ich die Optik eines Buches. Dann fällt es mir leichter, ein Manuskript ohne Scheuklappen objektiv beurteilen zu können.

Welches Buch sollte jeder mal gelesen haben?

Die Sachbücher von Rolf Dobelli, in denen er typische Denkfallen erklärt, in die wir Menschen ständig tappen. Diese Bücher haben mir die Augen für so Vieles geöffnet. Und in der Belletristik meine ich, dass jeder mal Ernest Hemingway, John Steinbeck, Mark Twain oder Henry David Thoreau gelesen haben sollte.

Lesen Sie Ihre eigenen Bücher?

Nachdem sie gedruckt wurden, nicht mehr. Aber bevor sie in den Druck gehen, lese ich jeden Roman im Zuge der Überarbeitung mindestens zehn Mal im Lauf eines Jahres.

Haben Sie ein Idol oder Vorbild?

Die Thriller von Dennis Lehane, Joe R. Lansdale, Nelson DeMille und David Morrell finde ich großartig. Diesen versuche ich nachzueifern. Die alten Sachen von Stephen King sind ebenfalls toll, die neueren der letzten zwanzig Jahre nicht mehr so, da er leider sehr geschwätzig geworden ist.

Außerdem mag ich die Kurzgeschichten von Charles Bukowski und die Essays von George Orwell und Kurt Vonnegut, die ich beide sehr verehre, da sie blitzgescheite Autoren waren.

Wo sammeln Sie Inspiration?

Überall. Beim Walken, Radfahren, Schwimmen, in der Sauna, beim Lesen (Romane, Kurzgeschichten,

Sachbücher, Comics) und im TV bei Filmen, Serien und Dokumentationen, im Gespräch mit Freunden oder Fremden.

Für mich gibt es keine Trennung zwischen Leben und Schreiben. Es ist für mich alles eins. D.h. dass es überall Inspiration gibt. Man muss nur mit offenen Augen und Ohren durchs Leben gehen. Geschichten verstecken sich überall.

Haben Sie eine feste Zeit, zu der Sie immer schreiben?

Im Moment ist meine aktuelle Schreibzeit zwischen 9 und 15 Uhr. Davor ist Sport und Frühstück, und danach Sport und spätes Mittagessen. Abends werden dann bürokratische Tätigkeiten erledigt, die im Lauf der Jahre leider immer mehr werden.

Wann schreiben Sie am liebsten?

Am Vormittag habe ich die kreativste Phase, am schwierigsten ist es am Nachmittag, da ich einen energetischen „Durchhänger" habe. Abends kommt die Kreativität dann wieder zurück.

Eigentlich würde ich ja gern nachts schreiben, wenn alles ruhig ist und ruht. Aber das lässt sich mit meinem sozialen Familienleben nicht vereinbaren.

Wie sieht ein perfekter "Schreibtag" für Sie aus?

Wenn ich so in den Flow komme, dass ich gar nicht merke, dass ich schreibe. Wenn ich so in der Story drin bin, dass sie sich automatisch schreibt. Ich schaffe dann in 6 Stunden etwa 20 Buchseiten, was relativ viel ist. Und wenn es so richtig gut „flutscht", habe ich das Gefühl, dass viele gute, kreative Einfälle am Papier gelandet sind.

Bei der Überarbeitung am nächsten Tag relativiert sich das dann natürlich, da sich die Euphorie gelegt hat und ich die Schwächen im Text erkenne. Aber das macht nichts, denn die werden ja schließlich überarbeitet und ausgebügelt. Aber das Wichtige ist: Ein guter Schreibtag bringt etwa 20 Seiten neuen guten Stoff.

Was ist ein absoluter Störfaktor für Sie und hält Sie vom Schreiben ab?

Gespräche von Freunden in meiner Nähe. Da kann ich mich überhaupt nicht konzentrieren. Oder Radio oder TV-Geräusche, die mich ablenken. Wenn ich allerdings im Kaffeehaus sitze und schreibe, habe ich kein Problem damit, da es eine permanente Geräuschkulisse von Leuten ist, die ich nicht kenne. Zur Not kann ich mir Kopfhörer einstöpseln, die mich mit Schreibmusik versorgen. Zum Beispiel Filmmusik von Guy Ritchie, Quentin Tarantino oder Hans Zimmer oder einfach nur Schreibsounds wie Regentropfen, Zuggeräusche, Vogelgezwitscher, Kaminknistern oder Wasserfälle – je nachdem, was gerade zur Szene im Roman passt.

Welches Genre würden Sie nie schreiben?

Liebesromane! Alles andere mache ich gern und habe ich auch schon gemacht, wie Krimi, Thriller, Satire, Horror, Science Fiction, Fantasy, historische

Geschichten oder Jugendbücher. Mir gefallen alle Genres – sowohl als Leser als auch als Autor. Aber mit Liebesromanen kann man mich davonjagen, in die Flucht schlagen und foltern.

An welchem Genre würden Sie sich gerne noch ausprobieren?

Da ich schon alles ausprobiert habe – bis auf den Liebesroman – gibt es nichts mehr, was ich ausprobieren wollte. Es sei denn so genannte Crossover-Literatur, wo man Genres miteinander kombiniert, z.B. Steampunk oder humorvolle Sci-Fi, oder historischen Horror oder Geschichten aus der Sicht eines Roboters, Haustieres oder Aliens.

Planen Sie viel oder schreiben Sie einfach drauf los?

Vor dreißig Jahren habe ich drauf losgeschrieben und damit ständig Bruchlandungen erlitten. Seitdem plane ich alles sehr akribisch, sogar den Aufbau von wirklich kurzen Kurzgeschichten.

An einem Roman-Exposé arbeite ich ca. zwei Monate, erst danach – wenn Handlung, Figuren und Recherchen feststehen – beginne ich mit der eigentlichen Schreibarbeit. Dann habe ich sozusagen einen Leitfaden, der mir hilft, das Ziel nicht aus den Augen zu verlieren. Außerdem hilft mir das Exposé, nicht in Panik zu geraten, wenn plötzlich Schreibblockaden auftauchen, die ja meistens dann auftauchen, wenn man nicht mehr weiß, wie es weitergeht.

Wo kann man Ihre Notizen finden?

Überall. Auf Servietten, Bierdeckeln, Zeitungen, Rechnungen und Schmierzetteln. Danach werden sie am PC in die Manuskripte eingearbeitet und landen anschließend im Altpapiercontainer.

Lediglich mein einziges Notizbuch in der Schublade neben meinem Bett existiert noch.

Muss man Schreiben lernen, oder genügt Talent?

Meines Erachtens ist Talent zu wenig, denn Schreiben ist ein Handwerk, genauso wie Tischlerei, Musik oder Malerei, wo man die Grundkenntnisse gelernt haben muss.

Jemand, der kein Rhythmusgefühl hat und kein Instrument spielen kann, wird nie gute Musik komponieren können.

Jemand, der kein Auge für Perspektive hat, wird kein gutes Gemälde malen können.

Jemand, der nicht weiß, wie man mit einem Hobel umgeht, wird keinen Schrank zimmern können.

Es ist doch überall so im Leben: Jemand, der nicht Medizin studiert hat, wird keinen Blinddarm operieren können. Und jemand, der nicht weiß, wie Erzählperspektive, Charakterentwicklung, Szenenaufbau, Dialoggestaltung, bildhaftes Schreiben und innerer Monolog funktionieren, wird keinen guten Roman schreiben können.

Wo und wie haben Sie das Schreiben gelernt?

Teilweise autodidaktisch, indem ich englische Sachbücher über Creative Writing von Ben Bova, Brian Stableford, James N. Frey oder Sol Stein gelesen habe.

Indem andere Autoren und ich uns gegenseitig unsere Texte lektoriert haben. Indem ich Mitglied in Autorenvereinigungen wurde. Indem ich Schreib-Workshops besucht habe, zum Beispiel von Andreas Eschbach oder Klaus N. Frick. Indem ich mit Lektorinnen verschiedenster Verlage zusammengearbeitet habe. Und nicht zuletzt durch tägliches Üben und Überarbeiten.

Andreas Gruber, geboren 1968 in Wien, studierte an der dortigen Wirtschaftsuniversität und lebt als freier Autor mit seiner Frau und fünf Katzen in Grillenberg in Niederösterreich. Er gibt Schreibkurse und veröffentlicht über den kreativen Prozess des Schreibens.

Stephan Knösel

Warum schreiben Sie eigentlich Jugendbücher und nicht Bücher für Erwachsene?

Diese Frage höre ich immer wieder auf Lesungen. Ich weiß selber nicht, ob es Zufall ist oder eine Zwangsläufigkeit meines Lebens. Als ich mit Anfang bis Mitte zwanzig meine ersten Romanversuche schrieb, waren meine Protagonisten immer so alt wie ich. Mit Ende zwanzig bin ich dann über Umwege als Drehbuchautor beim Fernsehen gelandet. Erst mit Mitte dreißig habe ich mich wieder an einem Roman versucht. Damals war meine Freundin schwanger und wir erfuhren, dass es ein Junge wird. Meine erste Reaktion war Panik. Nach und nach konnte ich sie mir erklären: Ich hatte ein sehr schwieriges Verhältnis zu meinem eigenen Vater und nun die Sorge, selber ein schlechter Vater zu werden. So beschloss ich, noch vor der Geburt meines Sohnes dieses persönliche Thema fiktional aufzuarbeiten. Daraus wurde dann mein Debütroman „Echte Cowboys" – ein Jugendbuch.

Da ich keine Kontakte in die Branche hatte, schickte ich das Manuskript einfach an alle deutschen Verlage, die auch Jugendbücher veröffentlichten, und nach einigen Umwegen entschloss sich der Beltz-Verlag, das Buch zu machen. Glücklicherweise wurde es recht erfolgreich, und Beltz wollte ein weiteres Buch von mir. Da Beltz aber ausschließlich Kinder- und Jugendbücher veröffentlicht, konnte ich natürlich nicht mit einer Geschichte für Erwachsene ankommen.

Also schrieb ich ein zweites Buch für Beltz, dann ein drittes – und so weiter. So bin ich Jugendbuchautor geworden – von meinem „Nebenjob" als Drehbuchschreiber mal abgesehen. Da schreibe ich fast ausschließlich „für Erwachsene", weil in der deutschen Film- und TV-Branche Jugendliche als Zielgruppe bedauerlicherweise nicht wahrgenommen werden.

Für mich als ehemaligen Schüler ist dieser halb zufällig gewählte Beruf allerdings ein Happy End. Ich habe mich früher wahnsinnig über die Lektüreauswahl meiner Lehrer*innen geärgert: Nichts gegen Shakespeare – aber warum musste ich damals als erstes den für 16-Jährige eher langweiligen „Macbeth" von ihm lesen? Erst mit 20 fand ich einen Einstieg in Shakespeares Werke: Ich wollte ins Kino, kannte aber schon alle laufenden Filme – außer die Zeffirelli-Verfilmung des „Hamlet" mit Mel Gibson in der Hauptrolle. Danach las ich alles von Shakespeare, erst auf Deutsch, dann auf Englisch. Aber als Schüler war Shakespeare neben Goethe, Droste-Hülshoff, Gottfried Keller und vielen anderen mein „Feind": Hätte der Blödmann sein Stück nicht geschrieben, dann müsste ich jetzt keine Schulaufgabe darüber schreiben! So dachte ich damals und war nicht allein damit.

Inzwischen sind alle meine Bücher Schullektüre. Ich hoffe, dass ich damit eine Brücke bauen kann zu den großen Literaten wie Shakespeare: für Schüler, die wie ich damals, eigentlich nicht lesen wollen – aber etwas Großartiges verpassen würden, wenn sie es nicht täten.

Großartig!

Eine Buchbesprechung von Stephan Knösel

über „Kurt Albert: Frei denken – frei klettern – frei sein"

von Tom Dauer, erschienen 2020 im Tyrolia Verlag, Innsbruck

Tom Dauer hat ein großartiges Buch über die Kletterlegende Kurt Albert geschrieben. Man spürt auf jeder Seite, wie viel Liebe und Arbeit da hineingeflossen ist. Nicht nur Kurt Albert, auch die anderen Menschen, die hier portraitiert werden, sind mir so nahe gekommen wie alte Freunde. Normalerweise lese ich gute Bücher wie dieses in einem Rutsch durch. Dieses hier habe ich allerdings „portionsweise" verschlungen, um länger etwas davon zu haben. Auch war ich manchmal so aufgewühlt, dass ich erst mal eine Lesepause einlegen musste, um die beschriebenen Schicksalsschläge zu verdauen. Das ist mir bei einem Buch so noch nie passiert, aber ich hatte auch seit langem nicht mehr so ein intensives Leseerlebnis.

Es ist auch schön, dass man nicht nur etwas über Kurt Albert und seine Kletterkameraden erfährt, sondern auch etwas über die Stimmung in Deutschland in den Siebziger und Achtziger Jahren. Nebenbei schreibt Dauer auch noch eine der schönsten Wiedervereinigungsgeschichten, die ich überhaupt gelesen habe. Hätten sich unsere damaligen Politiker nur ein Beispiel genommen an den „bundesdeutschen" Kletterern und ihren „Genossen" aus der DDR! Die haben damals zu Zeiten des Kalten Krieges in der Sächsischen Schweiz über ihre Gemeinsamkeiten zueinandergefunden und sich angefreundet – anstatt sich, wie die Mehrheit der Deutschen, über ihre Unterschiede zu definieren! Wie wunderbar, dass auf diese Weise wenigstens so eine große Freundschaft wie die zwischen Kurt Albert und Bernd Arnold entstehen konnte. Aber das ist nur einer von vielen, vielen Nebenaspekten diesen fantastischen Buches.

Ich bin übrigens kein Freund des Autors, kriege auch kein Geld für diese Kritik und schreibe normalerweise überhaupt keine Buchkritiken. Aber dieses Buch muss einfach unter die Leute! Es ist wirklich toll – und das nicht nur für Kletterer. Ich bin nämlich auch kein Kletterer. Abschließend muss man noch den Verlag loben, der dieses Buch so liebevoll herausgebracht hat. Allein die Fotos darin sind den Kaufpreis wert. Wer sich dieses Buch zulegt, kann nichts falsch machen: Es ist eine absolute Empfehlung! Nach Ende der Lektüre hatte ich sogar ein paar Tränen in den Augen. Auf den letzten Seiten wird nämlich ein Lieblingslied von Kurt Albert zitiert. Es ist von Reinhard Mey und trifft seinen Charakter vermutlich auf den Punkt. In diesem Sinne: „Gute Nacht Freunde!" (und viel Spaß beim Lesen!)

Stephan Knösel, Jahrgang 1970, arbeitete in einer Videothek, bevor er 2000 ein Stipendium der Drehbuchwerkstatt in München bekam. Seitdem arbeitet er als freier Drehbuchautor.

2010 erschien sein erster Roman „Echte Cowboys", für den er mehrere Auszeichnungen erhielt.

Seitdem folgten vier weitere Jugendbücher.

Stephan Knösel lebt mit seiner Frau und seinen Söhnen in München, wo auch die meisten seiner Bücher spielen. www.stephanknoesel.de

Susanne Fülscher

Wie sind Sie zum Schreiben gekommen?

Ich wollte schon seit meinem 12. Lebensjahr schreiben. Nach dem Abitur habe ich Germanistik und Romanistik auf Lehramt studiert, danach die Axel-Springer-Journalistenschule in Hamburg besucht und das Drehbuchschreiben als Stipendiatin der „Drehbuchwerkstatt München" gelernt.

Wie ist Ihr Bücherregal sortiert?

Alphabetisch.

Mit welcher Figur würden Sie sich gern mal unterhalten?

Mit der schrillen und lustigen Omi Olga aus meiner Mia-Reihe.

Woher nehmen Sie die Ideen für Ihre Bücher?

Auf Ideen stoße ich überall: bei einer S-Bahnfahrt durch Berlin, auf einer Italienreise, beim Spazierengehen im Park, sogar im Schlaf! Man muss nur genau hinschauen.

Wie viele Notizbücher haben Sie bei sich liegen?

Auf meinem Schreibtisch liegt immer eine Mappe zum aktuellen Projekt. Darin befinden sich das Exposé, viele ungeordnete Notizzettel sowie Recherchen. In den Schubladen meines Schreibtischs stapeln sich unzählige Notizbücher mit Ideen und

Gekritzel, das ich manchmal kaum noch entziffern kann.

Wie schreiben Sie am liebsten?

Am PC. Beim ersten Brainstorming gern auch mit der Hand. Dann aber unbedingt mit Füller!

Planen Sie viel oder schreiben Sie einfach drauflos?

Am Anfang eines neuen Projekts weiß ich zumeist nur grob das Thema. Ich beginne mit der Entwicklung der Charaktere, erst danach geht es ans Plotten und Schreiben des Exposés. Das fertige Konzept schicke ich dann an den Verlag – die Grundlage für einen Vertrag.

Wie sieht ein normaler Arbeitstag bei Ihnen aus?

Mein Arbeitsalltag ist recht strukturiert. Ich feile am Text vom Vortag, danach schreibe etwa fünf neue Seiten. Steht die Rohfassung, überarbeite ich den kompletten Roman mindestens dreimal, bevor er ins Lektorat geht.

Neben dem reinen Schreiben gibt es aber auch noch jede Menge anderes zu tun: Lesungen, Leserunden begleiten, Recherche, Plots ausarbeiten, Korrekturfahnen lesen, Online-Meetings mit meinen Lektor*innen, Social Media, Austausch mit den Leser*innen, Büroarbeit etc. Von der ersten Idee bis zur Veröffentlichung können zwei bis drei Jahre vergehen.

Haben Sie eine Message?

Ich möchte Kinder und Jugendliche fürs Lesen begeistern, sie unterhalten und zum Lachen bringen, ihnen aber auch Werte wie Toleranz, Empathie und Respekt mit auf den Weg geben, damit sie sich zu starken Persönlichkeiten entwickeln können.

Wenn sie zu Leseratten werden, habe ich alles richtig gemacht. ☺

Susanne Fülscher, geboren 1961, arbeitet als Drehbuchautorin und Schriftstellerin in Berlin.

Nach ihrem Lehramtsstudium und einer Ausbildung zur Journalistin widmete sie sich dem Schreiben. Neben zahlreichen Kinder- und Jugendbüchern erschienen auch Familienromane für Erwachsene. Zudem schreibt sie für Serien wie „Lindenstraße" und „Verliebt in Berlin".

Ihre Bücher wurden mehrfach ausgezeichnet und in viele Sprachen übersetzt.

Johanna Just

Warum sind mir Bücher so wichtig, warum ist der Buchhandel so wichtig.

Bücher sind für mich Lebensgrundlage, seit meine Mutter mir als Kind die ersten Märchen vorgelesen hat. Seitdem verbinde ich mit Büchern Wärme, Geborgenheit, Kopfkino und den wunderbaren Geruch von frisch gedruckten Seiten. Die Begeisterung für alles Gedruckte hat mich seitdem nicht mehr verlassen und früh den Wunsch nach einem Beruf in der Verlagsbranche geweckt. Das hat dann auch geklappt, nach Studium und Praktika (ebenfalls in Verlagen) bin ich nun seit über 25 Jahren beim Ravensburger Verlag, zuerst für Pressearbeit und dann Veranstaltungsmanagement, zuständig. Und da war ein Ereignis dermaßen eindrucksvoll, dass ich es mich wie ein Leitmotiv meiner Arbeit geworden ist.

Wir hatten den Briefwechsel zwischen Sophie Scholl und ihrem Freund Fritz Hartnagel in einer Jugendbuchausgabe veröffentlicht und in der Großen Aula der Ludwig-Maximilians-Universität in München (wo Sophie Scholl auch studiert hat) eine Buch-Präsentation organisiert. Kurz vorher war der Film „Sophie Scholl – die letzten Tage" für den Oscar® nominiert worden, wir hatten die Hauptdarstellerin Julia Jentsch als „unsere" Stimme gewinnen können. Elisabeth Hartnagel, die Schwester von Sophie Scholl und spätere Frau von Fritz Hartnagel, sollte einige einführende Worte sprechen. Der Saal war gefüllt mit 800 Jugendlichen und dem normalen coolen Umgangston der jungen

Menschen, die vielleicht nicht alle wussten, was sie erwartet. Als aber Frau Hartnagel, damals schon weit über 80, schmal und zerbrechlich, ans Mikrofon trat, um von ihrer Schwester und ihrem Mann zu erzählen, war es mucksmäuschenstill in dem riesigen Raum. 800 Menschen hörten den Worten der Zeitzeugin berührt und erschüttert zu und haben nach der Veranstaltung den Raum sehr still verlassen.

In dem Moment habe ich gemerkt, welche Bedeutung Wörter, Bücher und die Menschen, die hinter den Geschichten stecken, haben können, welche Kraft in der Begegnung mit den Personen rund um Bücher liegen kann.

Das ist es auch, was für mich die Bedeutung eines guten Buches ausmacht, ob es nun ein Sachbuch oder Roman ist: dass die Figuren/Personen lebendig werden, man die Zeit vergisst und man nach der Lektüre mit einem neuen Blick auf die Welt heraustritt. Wenn man das Gefühl hat, „Oh mein Gott, so eine Sprache habe ich noch nie gelesen, solch einen Menschen nie gesehen", dann ist der Zauber der Bücher für mich aufgegangen. Und das fasziniert mich immer wieder aufs Neue.

Johanna Just

Author Relations Manager

Ravensburger Verlag GmbH

Anne Freytag

Realitätsfern und naheliegend.

Es war einmal eine junge Frau, die aus den richtigen Gründen das falsche studierte. Etwas Handfestes, Solides, etwas mit Perspektive. Irgendwann, es muss im dritten oder vierten Semester gewesen sein, ging ihr dann auf, dass es ein Fehler war. Sie in Wirtschaftsmathematik, Mikro- und Makroökonomie, Statistik und Wirtschaftsspanisch. Doch es war zu spät, die Entscheidung längst gefallen, und sie bereits zu weit gegangen, um umzukehren.

Es gab keinen Plan B, genau genommen war das Studium Plan B gewesen – eine alternative Route, weil Plan A sich nie gezeigt hatte. Keine Eingebung in der siebten Klasse, kein konkretes Ziel, nicht der heimliche Wunsch, Anwältin zu werden, und wenn doch, dann nur wie Matlock – einmal ein Schluss-Plädoyer halten, einmal sagen: „Einspruch Euer Ehren, das ist Polemik." Einmal vor der Geschwornen-Bank stehen und alle von der Wahrheit überzeugen. Dann die Erkenntnis, dass es in Deutschland nur in den seltensten Fällen Schluss-Plädoyers und überhaupt nie Geschworene gibt. Damit war Anwältin werden Geschichte. Und Plan A wieder frei. Und schüchtern. Wie ein scheues Reh, das lautlos zwischen den Bäumen verschwindet, sobald es das kleinste Geräusch vernimmt. Und so hat die junge Frau stur weiter studiert, ist weiter in die falsche Richtung gegangen, stets begleitet von jenem unguten Gefühl, dass sie nicht ihren Weg geht.

Dann, eines Tages, geschah etwas Seltsames. Die junge Frau fing ohne erkennbaren Grund an zu schreiben – die Geschichte dreier Mädchen, weder Kinder noch erwachsen – irgendwo dazwischen – was dann auch der Titel wurde. Dass es ein Roman werden würde, damit hat die junge Frau gar nicht gerechnet. Sie verfolgte kein Ziel, folgte lediglich einem heimlichen Ruf, einer unter all der Vernunft begrabenen Stimme, die sie immer näher zu jener Lichtung lockte, wo das scheue Reh auf sie wartete.

Fernab des Lärms fand die junge Frau ein Zuhause in Worten. Einen Ort, den sie besuchen konnte, wann immer ihr danach war, den sie verändern und neu erfinden konnte, ein Leben fernab der Realität, in dem sie sich mit fiktiven Figuren zwischen vielen Zeilen verabredete und deren Geschichten erzählte.

Unterdessen ging das Leben weiter. Die junge Frau legte unzählige Prüfungen ab, absolvierte ein Semester im Ausland und beendete im Herbst 2008 ihr Studium – pünktlich zur Lehman-Brothers-Pleite. Sie bekam haufenweise Zertifikate und genauso viele Absagen auf ihre Bewerbungen. Überqualifiziert, Einstellungsstopp, Insolvenzen.

Die junge Frau schrieb weiter. Einen zweiten Roman. Dann einen dritten. Viele Um- und Irrwege. Eine Weile im Einzelhandel, dann arbeitslos, dann Hartz IV, dann umschulen zur Grafikdesignerin. Mit dem Schreiben hat sie nie ganz aufgehört. Sich stattdessen irgendwann eingestanden, dass das Plan A ist. Weltfremd, unwahrscheinlich und realitätsfern. Und trotzdem wahr.

Ein Plan, der eigentlich keiner ist, weil man ihn ohne Gegenüber nicht verfolgen kann. Ignoriert von Verlagen und Agenturen, blieb sie ein Geheimtipp mit dem großen Traum, das eigene Buch eines Tages im Handel zu sehen. Gedruckte Seiten mit Verlagslogo und Autorenvita.

Einige Jahre später wurde dieser Traum dann wahr. Mit Pseudonym und Piper-Logo im Hugendubel am Marienplatz. Ein pinker Ladenhüter in der Frauenunterhaltung. Die junge Frau stand neben dem kleinen Bücherstapel mit einem Piccolo in der Hand und der Hoffnung, dass es das nächste Mal besser klappt.

Zwei Agenturen und einige Romane später wird deutlich, dass manch ein Werdegang eher ein Werdeversuch ist. Ein Werdefall. Nicht gradlinig und stringent, sondern schneckenförmig, eine gekrochene Annäherung ans Ziel, die man im Nachhinein gerne als Erfolg über Nacht verkauft.

Die junge Frau ist nicht mehr ganz so jung wie damals. Aber ihre Träume sind dieselben geblieben: Bücher schreiben. Bücher, durch die fremde Menschen zu Bekannten werden. Bücher, in denen Leser sich verlieren und wieder finden. In denen sie Dinge erleben, die sonst nie erlebt hätten. Gebundene Worte, die Welten eröffnen, realitätsfern und naheliegend - auf all den Tischen und in all den Regalen und Schaufenstern von Buchhandlungen.

Anne Freytag hat International Management studiert und als Grafikdesignerin gearbeitet, bevor sie sich ganz dem Schreiben widmete.

Copyright Studio Tasca

Für ihre Romane wurde sie bereits mehrfach für Literaturpreise nominiert und damit ausgezeichnet – unter anderem dem Bayerischen Kunstförderpreis in der Sparte Literatur.

Die Autorin lebt mit ihrem Mann in München.

Julia Lange

Wie sind Sie zum Schreiben gekommen?

Das kann ich gar nicht genau sagen, da ich mir – so weit ich mich zurück erinnern kann – Geschichten ausgedacht und dann auch aufgeschrieben habe. Aber »richtig« angefangen hat es wohl mit einem veralteten und ziemlich dicken Terminplaner, in dem ich in der 4. oder 5. Klasse fast so etwas wie ein richtiges Projekt mit der (angefangenen) Geschichte sowie Charakterbögen, Weltenbau-Infos, etc. angelegt habe.

Wie sind Sie zum Lesen gekommen?

Auch hier kann ich keinen genauen Zeitpunkt nennen. Gefühlt habe ich schon immer gerne und viel gelesen. Etwas, das nicht nur meine Familie unterstützt hat, sondern das auch von der recht großen Schulbibliothek meines Gymnasiums begünstigt wurde. Dort war ich schnell so bekannt, dass ich über die Ferien auch weit mehr als die zwei eigentlich erlaubten Bücher ausleihen durfte und gleich taschenweise Bücher heim schleppte.

Was fasziniert Sie am meisten an Büchern?

Dass man ein paar Stunden einfach mal die Realität vergessen und in eine andere Welt eintauchen kann. Oder auch, dass man Dinge erleben kann, die man im echten Leben nicht unbedingt erfahren möchte – ich möchte jedenfalls nicht zurück in ein (erfundenes) Mittelalter :)

Wie ist Ihr Bücherregal sortiert?

Ganz langweilig normal: Belletristik nach Autor*in, und Sachbücher nach Themen.

Mit welcher Figur aus einem Buch würden Sie sich gerne mal unterhalten?

Schwierige Frage, da es so viele faszinierende Figuren gibt. Aber ich glaube, Kass aus »Das Lied der Krähen« wäre ein sehr interessanter Gesprächspartner – wobei wir uns vermutlich erst mal nur anschweigen würden, da wir beide nicht so einfach mit fremden Menschen in ein Gespräch kommen.

Wie sieht ein typischer Arbeitstag für Sie aus?

Vormittags gehe ich meinem Brotjob nach. Danach gibt es Mittagessen und Pause. Wenn der Kopf dann frei ist, versuche ich ein gewisses Schreibpensum zu erledigen, bevor die anderen Hobbys und Interessen dran sind. Trotzdem kommt es oft genug vor, dass ich in meiner Pause etwas Interessantes finde, dass dann den ganzen Tagesablauf verschiebt.

Was mögen Sie am liebsten an Ihrem Beruf?

Die Freiheit, vor sich hinzufantasieren und das dann als »Beruf« bezeichnen und damit Geld verdienen zu können.

Was gefällt Ihnen am wenigsten an Ihrem Beruf?

Dass man trotz aller Freiheiten auch hin und wieder an die Verkaufszahlen denken muss, da die leider über den nächsten Verlagsvertrag entscheiden.

Warum sollte man sich die Zeit nehmen zu lesen?

Weil Bücher ihre ganz eigene Art haben, einen in Geschichten eintauchen zu lassen. Selbst als regelmäßiger Serien-Binge-Watcher möchte ich das nicht missen.

Wo schreiben/lesen Sie am liebsten?

An Orten, wo ich möglichst wenig Ablenkung und Störfaktoren habe, d.h. meist Zuhause. Aber lange Zugfahrten funktionieren auch immer wieder erstaunlich gut.

Lesen Sie auch in Ihrer Freizeit viel?

Phasenweise ja. Es kann aber auch Monate geben, in denen ich gar nicht lese, dafür aber z.B. Serien schaue.

Wie viele Notizbücher (beschriebene oder unbeschriebene) haben Sie bei sich liegen?

Leider gar keine. Notizen mache ich digital und meist auch nur im Schreibprojekt selbst. Der Großteil ist aber im Kopf, weil ich da im Gegensatz zu den »echten« Notizen nicht aufräumen und sortieren muss. Und erstaunlicherweise relativ wenig vergesse (abgesehen von Figurenmerkmalen wie z.B. Haar-

oder Augenfarbe, die ich mir tatsächlich aufschreiben muss).

Wie überwinden Sie eine Schreibblockade?

Schreibblockaden im klassischen Sinn hatte ich bisher nie, aber es gibt immer wieder mal Tage, an denen ich einfach nicht voran komme. Im Normalfall bedeutet das, dass etwas am Plot oder den Figuren nicht passt. Das Problem zu finden und auch noch zu lösen, kann dann aber manchmal schon dauern.

Wie schreiben Sie am liebsten? (PC, Stift und Papier, etc.)

Am PC bzw. Laptop, weil ich dort leichter Änderungen vornehmen oder Anmerkungen einfügen kann, wodurch ich produktiver bin als mit einem Stift und Papier.

Welches Buch sollte jeder mal gelesen haben?

Jeder sollte die Bücher lesen, die ihm/ihr Spaß machen. Dieses »sollte man gelesen haben« hat schon in der Schule dem einen oder anderen die Lust an Büchern verdorben :)

Lesen Sie Ihre eigenen Bücher?

Manchmal vereinzelte Szenen, wenn ich etwas bestimmtes nachschauen will. Ansonsten versuche ich es zu vermeiden, da ich nur Fehler oder Stellen zum Verbessern finden würde.

Haben Sie ein Idol oder Vorbild?

Am ehesten wohl Neil Gaiman, dessen Schreibstil, Ideen und Abwechslungsreichtum ich bewundere. Dicht gefolgt von Joe Abercrombie mit seinen sehr lebensechten Figuren und Charakterisierungen.

Wo sammeln Sie Inspiration?

Die Inspirationen finden meist mich. Das kann während des Lesens eines Buches, beim Schauen einer Serie oder beim Musikhören sein. Und manchmal auch beim Gemüseschneiden. Es gibt aber die Momente, wo ich gezielt und systematisch Dinge durchdenke, um so zum Ergebnis zu kommen, ohne lange auf eine Inspiration warten zu müssen.

Haben Sie eine feste Zeit, zu der Sie immer schreiben?

Ich versuche es zumindest, da es mir hilft, wenn ich einen festen Zeitraum zum Schreiben habe. Nicht nur wegen der Routine, sondern auch weil diese Zeit dann aktiv von mir frei gehalten werden kann.

Wann schreiben Sie am liebsten?

Vormittags oder am späten Nachmittag. Da sind meine Konzentration und mein Fokus am besten.

Wie sieht ein perfekter "Schreibtag" für Sie aus?

Das Wichtigste für mich wäre wohl viel Ruhe, d.h. keine Laubbläser und Rasenmäher. Keine Anrufe. Und natürlich keine größeren Plot-Probleme, die einen am Schreiben hindern. Auf der anderen Seite kann ein Tag auch perfekt sein, wenn man endlich ein Problem lösen kann, das einen seit Tagen beschäftigt.

Was ist ein absoluter Störfaktor für Sie und hält Sie vom Schreiben ab?

Am meisten Lärm – allerdings helfen da gute Noise-Canceling-Kopfhörer :) Schlimmer finde ich allerdings Dinge, die einen unterbrechen, wenn man gerade mitten im Schreiben ist. Das können Anrufe sein, die Klingel, etc. Daher kann es bei mir auch durchaus Tage geben, wo ich WLAN und Telefon einfach ausschalte.

Welches Genre würden Sie nie schreiben?

Ich glaube, ich würde an Liebesromanen jeglicher Art scheitern.

An welchem Genre würden Sie sich gerne noch ausprobieren?

Science-Fiction würde mich irgendwann mal reizen. Ansonsten habe ich mir da noch nicht so Gedanken gemacht. Interessen verändern sich ja auch regelmäßig, so dass ich nicht weiß, wie es in ein paar Jahren bei mir aussieht.

Planen Sie viel oder schreiben Sie einfach drauf los?

Früher habe ich einfach drauf los geschrieben, inzwischen plane ich aber lieber ein bisschen. Dadurch erspare ich mir später ein oder zwei

Überarbeitungsschritte, in denen ich erst einmal aufwendig Plot sowie Figuren korrigieren muss.

Julia Lange ist Jahrgang 1983 und Ingenieurin für Nachrichtentechnik. Das zeigt sich auch an ihrer Neigung, ihren phantastischen Welten möglichst viel Realismus mitzugeben. Mit ihrem Roman "Irrlichtfeuer" gewann sie 2017 auf der Leipziger Buchmesse den Seraph für "Bestes Debüt".

Anka Willamowius

So many books, so little time

In meinem Leben gab es keine Zeit ohne Bücher. Noch bevor ich sprechen konnte, hat meine Mutter mir vorgelesen, jeden Tag. Sie liebte Bücher, las gern und kaufte sie gern. Unsere Wohnung besaß gefüllte Bücherregale in jedem Zimmer. Meine Mutter nahm meinen Bruder und mich schon als kleine Kinder mit in die Bücherhalle – so nennt man in Hamburg die öffentlichen Bibliotheken. Wir hatten Glück, denn es gab eine Bücherhalle gleich am Ende unserer Straße. Die Kinderbuchabteilung war einer der liebsten Orte meiner Kindheit. Ich fand das Konzept einmalig: So viele Bücher und Hörspielkassetten ausleihen zu dürfen wie man nur will, und das kostet nichts! Als ich zur Schule kam, konnte ich schon lesen und schreiben und kannte dank meiner Mutter den gesamten Kanon der Kinderliteratur. Die Bücherhalle wurde mein Zufluchtsort, wenn Zuhause dicke Luft herrschte. Es war der einzige Ort, an den ein Grundschulkind allein für Stunden verschwinden konnte, auch wenn es draußen kalt war.

Besonders geliebt habe ich immer Astrid Lindgren. Sie ist bis heute meine Lieblingsautorin. Ihre Figuren sind so unterschiedlich, jede hat ihre eigene Welt und ihren eigenen Witz. Ich war trotzig und eigensinnig wie Lotta aus der Krachmacherstraße, ich hatte einen Gerechtigkeitssinn wie Madita und träumte von Karlssons Haus auf dem Dach. Vor wenigen Jahren erst habe ich Astrid Lindgrens Gesamtwerk und mindestens sechs Biografien über sie gelesen, jedes einzelne Buch, das sie geschrieben hat. Manche

Bücher musste ich antiquarisch besorgen. Heute kann ich neue Dinge in ihnen entdecken, vor allem in Bezug auf den Lebensweg der Autorin. Tröstlich in jeder Lebenslage finde ich sie immer noch.

Für mich gibt es in jedem Moment das richtige Buch. Ich mag Bücher, in denen Menschen sich entwickeln, Dinge bewältigen, einmal nicht einfach geradeaus gehen können. In Büchern kann ich Erfahrungen machen, die ich im Leben nicht selber machen kann, z.B. ein Mann sein, einen anderen Beruf oder eine andere Hautfarbe haben, in einem anderen Land leben. Ich finde Vorbilder, um mit Schwierigkeiten umzugehen, aber auch wundersame Welten, in die ich mich versenken kann. Ich liebe das rauschhafte Lesen, kopfüber in die Geschichte einzutauchen und über Stunden gebannt zu lesen, alles um mich zu vergessen. Spricht mich jemand an, muss ich mich erst einmal orientieren, so weit weg war ich. Natürlich lese ich auch Sachbücher. Ich bin ohne Internet aufgewachsen und konnte stundenlang im Lexikon von einem Schlagwort zum nächsten springen. Als Juristin ist mein Arbeitsalltag ohne Fachbücher nicht denkbar. Es fällt mir nicht schwer viele Informationen aus langen Texten aufzunehmen.

Erst mit über vierzig bin ich zum Bloggen gekommen. Mit einer Freundin fuhr ich einmal zur Frankfurter Buchmesse. Wir wollten uns all die Buchneuheiten ansehen und vielleicht ein paar Autor:innen live hören. Am Wochenende herrschte dort ein unglaubliches Gewimmel. Wir trafen eine Bloggerin, die erzählte, dass sie schon zu den Fachtagen in der Woche angereist sei. Als Bloggerin bekäme sie dafür eine Pressekarte. Das faszinierte mich so sehr, weil ich gehört hatte, was für ein interessantes Programm dem Fachpublikum in den ersten Tagen der Messe geboten wurde. Ich las ein paar Buchblogs und beschloss, selbst einen zu beginnen. So entstand 2018 www.buch-lady.de. Unter dem Weihnachtsbaum hatte ich wie immer sogleich meine neuen Bücher gelesen und schrieb einfach meine Gedanken darüber auf, wie ich es zuvor in einem Reading Journal aus Papier getan hatte. Liest sowieso keiner, dachte ich damals.

2019 fuhr ich zum ersten Mal zur Leipziger Buchmesse und traf andere Blogger:innen. Es verwunderte mich, dass alle zuerst meinen Instagram-Namen wissen wollten. Schnell bemerkte ich, dass die Szene sich auf Bookstagram traf, einem Universum, dem ich noch nicht angehörte. Kurz darauf kam mein Account @buchlady2018 hinzu und die Leser:innen auf beiden Kanälen wurden deutlich mehr. Das freut mich umso mehr, weil ich nur über Bücher schreibe, die mir gefallen und auf die ich gerade Lust habe, nicht nur über die gerade angesagten Neuerscheinungen. Ich schreibe auch über ältere Bücher, die sogenannte Backlist, und über Kinderbücher. Ich freue mich über kostenlose Rezensionsexemplare von Verlagen, aber ich mache nie Werbung. Ich gehe keine Kooperationen mit Autor:innen oder Verlagen ein, schon gar nicht gegen Bezahlung. Ich möchte frei sein und ohne Verpflichtung schreiben, was ich will. Auch die Anzahl der Rezi-Exemplare halte ich klein, denn ich möchte durch den Blog nicht in Stress geraten, etwas schnell lesen oder besprechen zu müssen. Ich möchte meinen Spaß am Lesen behalten und immer genau das Buch lesen können, das ich gerade brauche. Je mehr ich lese, desto schneller lese ich, ohne dass der Genuss leidet. Pro Jahr komme ich auf 120-150 Bücher. Ein Taschenbuch bis zu 150 Seiten lese ich oft an einem Tag. Für eine Rezension auf dem Blog und ein Instagram-Posting (das immer einen anderen, kürzeren Text hat) brauche ich ca. 90 Minuten.

Längst schon kann ich nicht mehr alle Bücher behalten, die ich lese. Ich habe mich entschieden, nur eine halbe Wand voll Lieblingsbücher zu behalten, die regelmäßig aussortiert wird. Ich leihe Bücher aus Bibliotheken und von Freund:innen, bediene mich mit großer Freude an öffentlichen Bücherschränken, kaufe Bücher neu und gebraucht. Ich lese immer und überall, in der Bahn, im Bett, in der Bücherei und auf der Parkbank. Never leave home without a book. Meist lese ich nur ein Buch gleichzeitig und beende es zügig. Die Rezension schreibe ich sofort danach, wenn der Eindruck noch frisch ist. Dann brauche ich mir keine Notizen zu machen. Ich rezensiere aber längst nicht alles, was ich lese. Besondere Freude habe ich an neuen Hardcover Büchern. Ich liebe das leise Knacken des Einbands beim ersten Öffnen, den Duft frischer Druckerschwärze und das Berühren hochwertigen Papiers. Für diese Freude, die kein E-Reader bieten kann, schleppe ich auch ein gebundenes Buch in der Handtasche herum. Meine Bücher sehen nach dem Lesen immer noch neu aus, weil ich diesen Zustand so liebe.

Ein Lieblingsbuch habe ich nicht, ich liebe Bücher. Manche Bücher lese ich mehrfach, dazu gehören neben Astrid Lindgrens Büchern Goethes Faust oder die Bibel, aber mein größtes Problem ist, dass mein ganzes Leben nicht ausreichen wird, um alle guten Bücher der Welt zu lesen. So many books, so little time.

Anka Willamowius, Hamburg

www.buch-lady.de

@buchlady2018

Alwin Dombetzki

Wie sind Sie zum Schreiben gekommen?

Das war durch Zufall. Meine Frau und ich machen immer abwechselnd Urlaub am Strand oder in Städten und meine Frau liest sehr viel und ich gar nicht. In 2015 hat meine Frau zu mir gesagt: „Du nimmst jetzt Mal ein Buch mit und liest es im Urlaub." Daraufhin hat sie mir eins gegeben, wo ich gesagt habe: „Gib mir bitte das Beste und Spannendste, das du hast." Das habe ich dann gelesen und beim Lesen dieses Buches sind mir ganz viele Dinge aufgefallen. Die Hauptfigur war ein Waschlappen, die Handlung war extrem zäh und es waren viele langwierige Strecken drin, die schwer zu lesen waren. Die Geschichte selbst war nicht gut und irgendwie war für mich das Leseerlebnis total langweilig und enttäuschend. Ich habe dann zu meiner Frau gesagt: „Also das würde ich anders machen. Das würde ich anders machen. Das würde ich anders machen. Der Typ da muss viel härter sein. Die Geschichte muss viel straffer geschrieben sein, das darf doch nicht so langweilig sein, dass man sich so mit irgendwelchen unwichtigen Details aufhält." Meine Frau meinte daraufhin: „Ja, dann schreib doch dein eigenes Buch." Und ich meinte: „Ja, mache ich." Ich habe dann im Urlaub schon angefangen mein erstes Buch zu schreiben und - nachdem der Urlaub vorbei war - weitergemacht und habe dann zwei Jahre an meinem ersten Buch gearbeitet, bis Blutkiefer fertig war.

Was fasziniert Sie am meisten an Büchern?

Dass man sich seine eigene Welt erschaffen kann und dass man mit seiner Figur oder den Figuren Dinge transportieren kann, die man mit nichts Anderem transportieren kann. Meine Behauptung ist: Jeder Roman ist ein Stück weit autobiografisch. Und auch meine Figuren tragen autobiographische Züge. Zum Beispiel, dass der Kommissar total autoverrückt ist, so einen alten Porsche fährt. Oder dass er so hart durchgreift. Also das, was ich selbst gerne machen würde. Vielleicht ein Stück weit kann ich eine Figur machen lassen und das können verbotene Dinge sein. Mein Kommissar ist, ich sage mal politisch ein bisschen unkorrekt und das bin ich jetzt zwar nicht, aber manchmal wünscht man sich gewisse Dinge und die kann man seine Figuren machen lassen. Man hat sich Traumwelten erschaffen.

Hatten Sie denn beim Schreiben ein Vorbild?

Nein, dadurch, dass ich keine Bücher lese, habe ich kein Vorbild. Aber als ich meine eigenen Geschichten entwickelt habe, habe ich ja ganz bewusst meine eigenen Figuren geschaffen. Und wenn ich jetzt irgendein Vorbild gehabt hätte, dann hätte ich was abgekupfert. Aber so habe ich meine eigene Figur geschaffen, die vollkommen frei von anderen Einflüssen war. Das war wirklich das, was in meinem Kopf schwebte, wie eine Figur sein muss, damit ich sie gut finde. Und somit habe ich keine Vorbilder. Weil dann bestünde die Gefahr, dass ich irgendwie was nachmachen könnte, oder?

Was mögen Sie am meisten an Ihrem Beruf?

Die freie Zeiteinteilung und den Kontakt mit den Lesern. Das ist so unfassbar. Das gibt mir so unfassbar viel zurück. Die Gesichter zu sehen, wenn sie mit mir sprechen. Wenn sie das neue Buch bekommen. Wenn ein neues Buch rauskommt. Die freuen sich darauf. Haben da lange darauf gewartet. Sie müssen ja dann ein Jahr warten, bis das nächste Buch rauskommt. Da haben Manche wirklich Probleme mit. Der Kontakt mit den Lesern erfüllt mich mit Dankbarkeit. Dass das, was ich mache, ankommt. Dass die Menschen daran Freude haben. Dass sie sich damit wohlfühlen. Dass sie Spaß dran haben. Das ist unbezahlbar.

Was gefällt Ihnen am wenigsten?

Dass Bücher so schwer sind. Man muss immer Bücher ausliefern und die sind so schwer. Aber ansonsten stört mich nichts.

Warum sollte man sich die Zeit nehmen zu lesen?

Ich mache ja ganz bewusst meine Bücher als Taschenbuch und als Hörbuch, weil ich festgestellt habe, dass es Konsumenten gibt, die nur das Eine oder nur das Andere konsumieren. Die Hörbuch-Hörer sind typische Leute, die z.B. viel Auto fahren und dann beim Autofahren das Hörbuch hören oder Leute, die das bei der Hausarbeit machen, dann nebenbei sich bespielen lassen. Und der Buchleser, das ist der, der sich wirklich die Zeit nimmt. So wie meine Frau auch schnappen sie sich gelegentlich im Sommer die Liege und ihr Buch und lesen das oder haben ihren schönen Sessel oder so, ziehen sich zurück und nutzen das als Refugium und als Auszeit. Und mit meinen Büchern schaffe ich ein Erlebnis, das die Leute sich Mal so ein bisschen fallen lassen können und sich immer ein bisschen diesem Spaß hingeben. Denn meine Bücher sind zwar harte Action-Thriller, aber immer so mit ein bisschen Augenzwinkern. Das heißt, man kann immer ein bisschen lächeln dabei und ich habe mal eine Lesung gemacht beim Norden Festival und in der vorderen Reihe saß ein kleiner Junge. Zwölf oder so vielleicht. Und ich habe eine Actionszene vorgelesen. Wie Ray wieder alles weg ballert und alles umhaut. Da saß der Junge da vorne und hat sich kaputt gelacht und ich habe mich so darüber gefreut, weil er hat es im Prinzip so gesehen, wie ich es auch sehe. Es ist ein bisschen überzeichnet. Man muss es mit einem Augenzwinkern lesen, dass ein Typ alles weg ballert. Und deswegen sind meine Bücher glaub ich Spannung, skurrile Geschichten und aber auch ein bisschen satirischer Spaß. Auch so ein bisschen, sodass man ein gutes Gefühl hat. Es hat Happy End. Die Ungerechtigkeiten, denen Ray begegnet, die werden restlos ausgetilgt. Ray räumt auf und er beseitigt Ungerechtigkeiten. Und das höre ich oft von Lesern, die sagen Ah, da müsste einer was machen. Und das ist übel. Und das ärgert mich, wenn ich sowas in den Nachrichten sehe oder sowas. Und Ray ist ein Polizist der macht das, was sich eigentlich viele Leute wünschen, was sie selber gerne machen würden. Und somit schaffe ich so eine kleine schöne Zeit.

Haben Sie viele Notizbücher beschrieben oder unbeschrieben rumliegen, weil man ganz oft hört, dass Autoren unglaublich viele Notizbücher haben?

Nein. Wobei ich mich auch nicht als typischen Autoren bezeichnen würde, weil das ja irgendwie so entstanden ist. Ich hab ja nie einen Lehrgang oder sowas gemacht oder Kurs oder ein Studium oder sowas, gar nicht. Ich hab's einfach gemacht. Und dadurch habe ich so gemacht, wie ich meine, dass es cool ist. Ein Notizbuch hab ich nicht benötigt, weil ich meine Geschichten digital vorbereite. Da ich meine Geschichten natürlich digital schreibe und wenn, wann immer mir etwas einfällt und das passiert oft, schicke ich mir selber E-Mails, die dann in so eine Box wandern, mit Ideen, mehr Buchtitel, mit Ungerechtigkeiten des Alltages, die ich immer in meine Geschichten mit einfließen lasse. Coole, kleine, spannende Sachen, die man mit einbauen kann. Irgendwie eine geile Foltertechnik oder so. Und ja, da schicke ich mir selber was.

Wo sammeln Sie denn Ihre Inspirationen?

Überall. Meine Augen und Ohren sind immer offen. Das heißt, wenn ich mit Leuten spreche, wenn ich Nachrichten schaue, wenn ich Zeitungen lese, wenn ich durch die Welt fahre. Die Welt ist voll mit Erlebnissen und Inspiration für mich, die ich aufsauge. Deswegen auch diese E-Mails, die ich mir selber schicke. Ich fahre an irgendetwas vorbei und da stimmt was nicht. Da mach ich mir gleich eine Notiz und speichert das in dieser Box ab, um es irgendwie zu verarbeiten. Und das begegnet einem immer und überall. Und das jeden Tag und speziell auch in Gesprächen mit Menschen.

Haben Sie eine feste Zeit, zu der Sie schreiben?

Ich habe einen festen Rhythmus dadurch, dass ich ein Jahr brauche. Für ein Buch besteht der Anfang des Jahres. Von Januar bis April besteht daraus, die Story auszuarbeiten und mit jedem Mal habe ich meine Technik verbessert, sage ich mal ganz grob. Und bei Band 4 fand ich es schon sehr geil. Ich habe in diesen vier Monaten die Story ganz penibel ausgearbeitet und meine Story besteht aus Stichpunkten und meine Handlungen sind ja tagesbasiert. Montag, 24. Mai. Was passiert an diesem Tag? Ray ist im Büro und erfährt von einem neuen Mord. Dann Blinky, sein junger Kompagnon, sein Computernerd. Auf dem Weg zur Schule oder auf dem Weg zur Uni fällt ihm auf, dass da ein Auto steht, was sonst nie dort stand. Oder Mittagszeit, seine Freundin Carola geht zur Arbeit und entdeckt da irgendwas. Auf jeden Fall. Das sind Stichpunkte, die so einen Tag ausmachen, wo in diesen Stichpunkten beschrieben ist, was passiert an diesem Tag ohne Details zu enthalten. Das heißt die Handlung ist in diesen Stichpunkten fertiggestellt. Was passiert an Tag 1, Tag 2 Tag 3 und so weiter? Ist die Handlung fertig? Sie hat einen Anfang. Sie hat einen Mittelteil. Einen Schluss, dass die Auflösung da wirklich die komplette Reihenfolge aller Geschehnisse enthält. Und erst wenn das wirklich fertig ist, dann beginne ich mit dem Schreiben. Und das ist die Sommerzeit. Also ich sag Mal so April, Mai bis August, September schreibe ich und da schreibe ich in der Tat teilweise den ganzen Tag. Dann so locker flockig nach dem Frühstück irgendwie um zehn, elf Uhr lege ich los und ich schreibe am liebsten draußen auf der Terrasse und teilweise bis Mitternacht, bis ich wirklich den Tag beende.

Planen und schreiben Sie denn komplett chronologisch oder lassen Sie manchmal auch Lücken, wo Ihnen gerade nichts einfällt, die Sie dann später füllen müssen?

Nee, das habe ich. Von Anfang an musste ich das nicht. Ich habe von Anfang an meine Bücher von vorne bis hinten durch geschrieben, nie ein Kapitel getauscht, nie ein Kapitel verschoben, nie eine Szene verschoben. Das war alles immer so fest schon in meinem Kopf drin, dass die Struktur so klar war, dass ich meine Geschichten so runterschreiben konnte. Und so ist es auch. Ich nehme mir meine Stichpunkte und dann schreibe ich drauf los. Zack, zack, zack. Kapitel für Kapitel. Ich habe mich Mal gefragt Wie schreibe ich eigentlich? Und dadurch, dass ich ein sehr visueller Mensch bin, stelle ich mir mein Buch oder meine Handlung wie einen Kinofilm vor. Und ich schreibe eigentlich nur auf, was ich da sehe.

Hatten Sie schon mal eine Schreibblockade, wo Sie wirklich gar nicht weiter wussten und einfach das Schreiben nicht ging?

Eine Schreibblockade direkt nicht. Ich habe mich aber bei Band 1 in eine Sackgasse geschrieben. Die Handlung des Buches stand fest. Was passiert aber ungefähr in der Mitte des Buches? Da kam es zu einer Entführungs-Szene von Ray und seinem Freund Blinky. Aber ich wusste nicht: Wie befreit er sich daraus wieder? Das war keine Schreibblockade, sondern ich wusste nicht, wie es weitergeht. Ich habe aber trotzdem nicht am Rest weitergeschrieben, weil das Eine auf dem Anderen aufgebaut hätte. Deswegen habe ich eine Pause gemacht und irgendwann war die Idee da. Wie es weitergeht oder wie die Beiden sich aus dieser Situation befreien. Und dann hab ich ganz normal weitergemacht.

Wie sieht denn ein perfekter Schreib-Tag für Sie aus?

Ein gutes Frühstück. Keine Anrufe. Sonnenschein. Nicht zu viel Wind. Meine Frau in der Nähe. Eine gute Zigarre am Start und warm. Ja, wie gesagt, ich schreibe gern auf der Terrasse. Mein Lieblingsplatz. Und das wäre ein perfekter Tag.

An welchem Genre würden Sie sich gerne einmal ausprobieren?

Ich habe in der Tat zwei andere Ideen für Buchreihen . Das Eine geht aber auch in die Richtung Krimi, und die zweite Sache, die ich gerne machen möchte, ist eine Zeitreise-Reihe. Das ist eigentlich schon ein bisschen realistisch mit dem Science-Fiction-Faktor der Zeitreise. So, aber ansonsten spielen Menschen mit. Es spielt in der echten Welt. Aber da kommt das Thema Zeitreise halt mit dabei. Na ja, es ist aber keine Fantasy, weil es sind keine Monster, Orks oder irgendwelche Feen oder Elfen unterwegs oder so. Schon Menschen, aber die können halt Zeitreisen. Ja und das wäre eine neue Reihe von mir, die ich so im Kopf haben.

Gibt es denn irgendein Genre, an das Sie sich gar nicht ran trauen würden?

Ich glaube, ich hätte Schwierigkeiten mit historischen Romanen, wenn die auch noch in so einer fremden oder einer altertümlichen Sprache geschrieben sind. Damit würde ich mich schwer tun. Ja, und Liebesromane. Ich hab ja ganz bewusst in meinen Büchern keine Sexszenen drin, weil ich sagte Ja, Bücher haben auch immer irgendwie was autobiografisches. Und ich befürchte, egal was ich schreiben würde, würden die Leute immer das auf mich beziehen. Und das möchte ich nicht. Und deswegen klammer ich das aus. Bei Liebesgeschichten, glaube ich, könnte ich mir schon vorstellen, so was zu schreiben. Ich bin auch ein romantischer Typ. Aber Aktion-Thriller finde ich cooler.

Alwin Dombetzki stammt gebürtig aus Niedersachsen und lebt seit 1991 in Schleswig-Holstein.

Er arbeitet als Künstler, Grafik-Designer und Fotograf und betreibt seit 1996 eine Werbe- und Eventagentur mit seiner Frau.

Seit 2015 erscheint seine Action-Thriller-Reihe um Ermittler Ray Cullan.

Viktor Dueck

Max und die Bücher

Im Nachhinein brachte dieser Tag eine Bereicherung für Max' Leben. Doch die Art und Weise, wie es dazu kam, war für den Zwölfjährigen weniger erfreulich. Ja, man könnte gar behaupten, nervenaufreibend.

Max schlenderte gähnend in die Küche. Obwohl heute Samstag war, arbeiteten seine Eltern, was bedeutete, dass er bis zum frühen Nachmittag seine Freiheit genießen konnte. Zwar war noch seine große Schwester Lisa zu Hause, welche genau genommen die Verantwortung und somit die Befehlsgewalt über ihn hatte, aber das interessierte sie kaum. Die meiste Zeit war sie ohnehin mit anderen Dingen beschäftigt. Und im Gegensatz zu Mutter und Vater gab sie ihm keine Aufträge im Haushalt auf, fragte nicht nach Schulaufgaben und meckerte nicht, wenn er zu lange vor der Glotze oder PlayStation saß.

Max nahm eine Schüssel und schüttete mit Zimt überzogene Frühstücksflocken hinein. Dabei verfehlten viele Flocken die Schale, einige landeten sogar auf dem Boden. Was absolut kein Problem war, ihr Staubsaugroboter würde das schon bereinigen. Dieser war so programmiert, dass er täglich ab elf Uhr seine Runden drehte. Max sah bei diesem Gedanken auf die Backofenuhr und stellte fest, dass deren Display dunkel war. Das würde seinen Eltern überhaupt nicht gefallen. Erst letzte Woche hatten sie die Spülmaschine ausgetauscht, weil sie den Geist aufgegeben hatte. Plötzlich musste er an Weihnachten denken, bis dahin war zwar noch ein wenig Zeit, aber gleich zwei teure Anschaffungen konnten durchaus eine Auswirkung auf seine Wunschliste haben.

Er öffnete die Tür vom Kühlschrank, um die Milch zu holen, und wunderte sich über die Dunkelheit in dem Eiskasten. Jetzt war doch tatsächlich das Lämpchen durchgebrannt. Kein Wunder, dass Mutter beim Kauf der Spülmaschine gleich einen neuen Gefrierschrank mitnehmen wollte. Vater hatte es ihr im Hinblick auf Weihnachten mit Schweißperlen auf der Stirn gerade noch so ausgeredet. Woraufhin Mutter deutlich machte, dass dieses Kriterium wohl beim Kauf des neuen Fernsehers letzten Monat nicht gegolten hatte, und für den Rest der Woche mit schlechter Laune reagierte.

Max goss die Milch in seine Schüssel, doch bevor die weiße Flüssigkeit die Schale erreichte, lief etwas daneben und hinterließ auf dem Tisch eine Pfütze. Stöhnend stellte er die Packung ab und ging, die Flocken mit einem Löffel umrührend, ins Wohnzimmer. Hier zu speisen war verboten. Aber nur wenn Mutter zu Hause war. Ansonsten hielten sich weder sein Vater, seine Schwester noch er daran. Was oft, insofern Spuren vom Essen hinterlassen wurden, mit Mutters Geschrei und halbherziger Bestrafung endete. Max nahm die Fernbedienung, positionierte sich auf dem Sofa genau mittig, schob sich einen vollen Löffel Flocken in den Mund und drückte auf den roten Knopf, um den Fernseher anzuschalten. Auf Netflix lief seit gestern eine coole Serie, die er unbedingt gucken wollte. Die Fernbedienung neben den Oberschenkel gelegt, schob er sich einen weiteren Löffel Flocken in den Mund, wobei etwas Milch überschwappte, auf seiner Boxershorts landete und wie ein Pipifleck aussah. Der neue XXL-Fernseher blieb dunkel. Max nahm die Fernbedienung und drückte intensiver auf den Knopf. Nichts geschah. Er klopfte dagegen und versuchte es erneut. Nichts.

»Was ist denn blo…« Max verstummte, weil er es plötzlich begriff. Sie hatten Stromausfall!

Er stellte die Schüssel auf dem Sofa ab, was keine gute Idee war, denn die Schale kippte leicht in Richtung Rückenkissen und die Milch drohte auszulaufen. Dennoch erhob er sich vorsichtig, sein Frühstück fest im Blick, und eilte auf die zweite Ebene zum Zimmer seiner Schwester.

»Lisa!« Er klopfte zweimal gegen die Tür und wartete nicht, wie dutzende Male von ihr verlangt, bis sie ihm erlaubte einzutreten.

In Lisas Raum müffelte es. Die Rollos waren unten, seine Schwester lag noch im Bett und starrte ihn wütend an. »Wie oft habe ich dir gesa…«

»Wir haben Stromausfall«, unterbrach er sie, »du musst das reparieren.«

»Wie soll ich das reparieren, du Genie?« Sie drehte sich von ihm weg und zog die Decke über die Ohren.

»Du musst zum Sicherheitskasten, oder wie der heißt, und nachgucken, wo das Problem ist.«

»Sehe ich wie ein Elektriker aus? Du musst warten, bis Papa nach Hause kommt.«

»Nein, das dauert noch Ewigkeiten, bis er da ist. Wie spät ist es überhaupt?«

Sie griff stöhnend nach dem Handy auf dem Boden neben dem Bett. »Gleich neun. Mann, Max, lass mich schlafen. Du bist wie ein Baby, das schon um fünf Uhr morgens ausgeschlafen hat. Leg dich nochmal hin.«

»Nein!«, widersprach er wütend. »Steh auf und mach, dass wir wieder Strom haben!«

Lisa antwortete nicht. Das tat sie ständig mit ihm, wenn sie ihn loswerden wollte.

»Was soll ich denn ohne Strom machen?«, jammerte er. »Biiitteee, Lisa.«

»Ich weiß nicht, wie sowas funktioniert, Max.« Ihre Stimme wurde lauter. »Geh und mach Hausaufgaben.«

»Mach Hausaufgaben«, äffte er sie wütend nach und zog mit Wucht die Tür hinter sich zu. Irgendetwas fiel in Lisas Zimmer krachend zu Boden. Vermutlich ein Bilderrahmen auf dem Regal neben der Tür. Auf jeden Fall würde es diesbezüglich später für ihn Ärger geben. Sie würde das nicht verschweigen und seine Eltern hassten es, wenn er Gewalt gegen ihr Haus anwandte. Auch wenn sowas äußerst selten vorkam.

Die Flocken auf dem Sofa völlig vergessen – ein weiterer Grund, warum ihm heute Abend PlayStation-Verbot für eine Woche drohen würde –

ging Max in sein Zimmer. Zum Glück hatte er noch sein Smartphone. Dank des perfekten Empfangs und noch genügend Datenvolumen war der Tag so gut wie gerettet. Allein der Akku würde vermutlich zum Schluss nicht ausreichen, aber bis dahin wäre sein Vater fast schon zu Hause. Er nahm das Handy vom Fernsehschrank und zog das Ladekabel raus. Es war inzwischen ein festes Ritual von ihm, über Nacht sein Smartphone aufzuladen. Verwundert, weil das Handy nicht aufleuchtete, drückte Max auf den Einschaltknopf. Zu seinem Entsetzen reagierte das Gerät nicht. Und er ahnte schon, weshalb. Seine linke Hand ergriff das Ladekabel, sein Blick suchte nach dem Steckdosenverteiler, seine Lippen formten sich zu einem Schrei.

»Neiiin!«, brüllte er, warf das Smartphone aufs Bett und schleuderte das Ladekabel weg. Er hatte sich gestern vor der Schule die Haare geföhnt. Dafür musste das Ladekabel für den Haartrockner Platz machen, dessen Kabel wiederum immer noch in der Dose steckte. Max zog weinend den Föhn aus der Steckdose und katapultierte ihn an die Wand über seinem Bett. Der Haartrockner knackte bei dem Aufprall und hinterließ eine Delle auf den Raufaser-Tapeten. Dies würde später der Grund sein, warum er zwei statt einer Woche PlayStation-Verbot bekommen würde. Doch als ob der kaputte Föhn nicht schon genug wäre, packte Max den Controller der PlayStation, holte aus und besann sich im letzten Augenblick vor dem Wurf. Nicht seine PlayStation!

Er legte den Controller auf den Boden und verstand, dass es unumgänglich war: Er musste selbst im Stromkasten nachsehen und dafür sorgen, dass sie wieder Strom hatten. Zwar hatten ihn seine Eltern von klein auf gewarnt, bloß nicht in den Steckdosen oder an sonstigen Gegenständen, die mit Strom betrieben wurden, herumzufummeln, man konnte schließlich einen Stromschlag kriegen und sterben, aber heute blieb ihm nichts anderes übrig. Er würde schon aufpassen. Außerdem war er zwölf und nicht zwei.

Der Stromkasten befand sich in Opas Zimmer. Opa Hans hatte bereits bei ihnen gelebt, da war Max noch nicht geboren. Doch vor fünf Monaten starb er an einem Herzinfarkt. Was schrecklich war, sie saßen gerade alle am Tisch und aßen zu Mittag. Die Stimmung war gut, sie lachten …

Seitdem war Max nicht mehr in Opas Zimmer gewesen. Er öffnete langsam die quietschende Tür, betrat den Raum und spürte augenblicklich die Nähe des Großvaters. Der Gedanke, er sei tot, wollte einfach nicht in seinem Kopf Platz finden. Hier stand alles noch genau so wie an Opas Todestag. Mutter schob seit Monaten die Aufgabe, das Zimmer auszuräumen, vor sich her. Max erinnerte sich, als ob es gestern gewesen wäre: Opa hatte vorgehabt, nach dem Mittagessen Omas Grab zu besuchen. Eine von ihm gebügelte Hose und ein frisches Hemd waren auf dem Zweisitzer ordentlich ausgelegt und warteten auf ihren Einsatz. Vor dem Mittag hatte er wie immer gelesen, weshalb ein geöffnetes Buch mit dem Buchrücken nach oben auf dem Tisch lag. Daneben ein Glas Wasser, auf einem Untersetzer abgestellt. Es war halb leer. Früh morgens hatte Opa wieder Yoga praktiziert, indem er sich ein YouTube-Video ansah. Der alte Mann achtete auf seine Gesundheit und war für jegliche Sportarten und Ernährungstipps offen. Seine Yogamatte lag auf dem Sessel neben dem Fenster, wo er beim Lesen saß, um genügend Licht zu haben.

Generell war Lesen Opas größte Leidenschaft. Was nicht verwunderlich war, wenn man sich in seinem Zimmer umsah. Sämtliche Regale, und er hatte wirklich einige davon, waren mit Büchern gefüllt. Und das waren nur seine Lieblinge, wie er immer betonte. Denn im Keller hatte er einen weiteren Raum für sich, der ebenfalls fast ausschließlich mit Büchern vollgestopft war.

Max wohnte mehrmals einer Unterhaltung bei, in der Mutter Opa Hans dazu drängte, Bücher im Keller bei eBay oder auf einem Trödelmarkt zu verkaufen. Und jedes Mal reagierte er verärgert. »Literatur verkauft man nicht auf irgendeinem Markt an Dritte. Bücher bewahrt man wie Schätze auf. Was sie auch sind. Punkt.«

Mutter sah das ganz anders und zählte einleuchtende Argumente auf, warum es sinnvoll war, die Bücher an Dritte zu vergeben, anstatt sie im Keller vergammeln zu lassen.

»Meine Bücher vererbe ich an Lisa und Max, sie werden mir dafür noch eines Tages dankbar sein«, sagte Opa routiniert.

Daraufhin antwortete Mutter wie immer nichts, weil sie wusste, worauf es hinauslaufen würde. Nun war es Opa, der sie tadelte. »Außerdem«, fing sein Satz wie gewöhnlich an, woraufhin Max zusah, dass er langsam von der Bildfläche verschwand, »lesen deine Kinder viel zu wenig.«

»Lisa hat ständig ein Buch, das sie abends liest«, verteidigte Mutter sich.

»Ja, dafür habe ich Max noch nie lesen gesehen.«

»Er mag halt keine Bücher, Papa. Nicht jeder kann wie du sein.«

»Niemand muss wie ich sein. Aber du weißt selbst, wie wichtig Bücher für Bildung sind. Was bringt es ihm, wenn er ständig seine PlayStation spielt.«

»Die Konsole dient zur Unterhaltung, nach dem Stress in der Schule kann er sich für zwei, drei Stunden entspannen. Das hat er sich verdient, weil er sich Mühe beim Lernen gibt.«

Hier errötete Max, wissend, dass er sich keineswegs in der Schule Mühe gab.

»Bücher unterhalten auch. Und bringen einem vieles bei. Ich habe meine Zweifel, dass PlayStation spielen oder diese Serien, die er ständig guckt, ihm etwas beibringen.«

»Es gibt durchaus Sendungen, die lehrreich sind.«

»Die schaut er aber nicht, sonst hätte ich mitgeguckt«, entgegnete Opa. »Max, komm mal her.«

»Opa, ich muss Hausaufgaben machen«, nörgelte

Max aus dem Wohnzimmer, wo er gerade vorhatte, Netflix zu gucken.

»Wie viele Bücher hast du in deinem Leben gelesen?«, rief Opa aus der Küche. »Und ich meine nicht die, die du für die Schule lesen musstest«, nahm er ihm sofort den Wind aus den Segeln.

»Vielleicht sieben«, sagte Max, nicht wahrheitsgemäß. In Wahrheit waren es vier, oder maximal fünf.

»Wie alt bist du jetzt, zwölf? Sieben Bücher in zwölf Jahren! Eine erschütternde Bilanz, Max.« Und dann an seine Tochter gerichtet: »Ihr müsst den Jungen endlich dazu bringen, mehr zu lesen. Das sollte man nicht unterschätzen.«

»Die Kinder von heute sind anders, Papa, Max ist da keine Ausnahme.«

»Habe ich dich jemals mit anderen Kindern verglichen?«

»Nein, hast du nicht!«

»Dann vergleiche du auch nicht deine Kinder mit anderen. Was fremde Gören anstellen, ist unwichtig; wichtig ist, dass dein Sohn keine Bücher meiden sollte.«

»Trotzdem ist er nicht dümmer als andere in seinem Alter«, sagte Mutter beleidigt.

»Da, du vergleichst wieder! Und nein, das ist er ganz

sicher nicht«, pflichtete Opa ihr versöhnlich bei, »aber er könnte schlauer als sie sein.«

Ein Stuhl schabte über den Boden, vermutlich war Opa aufgestanden. Max legte die Fernbedienung weg. Während der Unterhaltung hatte er sich nicht getraut, den Fernseher anzuschalten, und eilte zu seinem Zimmer, wo angeblich Hausaufgaben auf ihn warteten.

»Warte, Max«, hielt Opa ihn auf. »Komm nach den Schulaufgaben zu mir. Wir suchen gemeinsam Bücher aus, die für dein Alter geeignet sind.«

»Ich wollte mich danach mit einem Freund treffen«, log Max betrübt von den Gedanken, ein Buch lesen zu müssen.

»Keine Widerrede«, sagte Opa hörbar verärgert. »Ich werde auf dich warten!«

Max wandte den Blick von Opas Buch ab, das er vor seinem Tod gelesen hatte, und schloss die Tür, weil sich dahinter der Stromkasten verbarg. Dieser war recht hoch angebracht, sodass er nicht an alle Schalter, die sich darin befanden, drankam. Doch anstatt den Stuhl, der am Tisch stand, zu nehmen, griff er nach einem Stapel Bücher auf der Tischplatte und stellte ihn vor dem Sicherungskasten ab. Einen Fuß daraufgestellt war er mindestens dreißig Zentimeter größer. Er betrachtete hoffnungslos die vielen Schalter. Auf einer Liste, mit Klebeband im Inneren des Türchens befestigt, standen Zahlen und Namen der Räume. „1. Wohnzimmer", „2. Schlafzimmer 1", „3. Schlafzimmer 2",

„4. Schlafzimmer 3", „5. Toilette 1". Max hörte auf weiterzulesen. All das ergab für ihn keinen Sinn. Stattdessen drückte er einen der Schalter nach unten. Es machte plötzlich „Klick". Durch das Geräusch verunsichert, trat Max vom Buchstapel runter und schloss den Stromkasten.

Er sah auf die Bücher vor seinen Füßen und schluchzte, für ihn selbst völlig unerwartet, auf. Tränen liefen mit einem Mal über seine Wangen und das Schluchzen wurde heftiger. Max weinte. Doch nicht um den Strom und die Geräte, die ohne diesen völlig nutzlos waren, er trauerte um seinen Opa. Die Bücher auf dem Boden hatten zuvor Opa und er für ihn zum Lesen ausgesucht. Damals, als er vorgab, Hausaufgaben erledigen zu müssen. Max las den Titel vom obersten Buch auf dem Stapel. Die Schatzinsel von Robert Louis Stevenson. Er nahm es in die Hand und klappte den Buchdeckel auf. „Eigentum Hans Schneider", las er und strich, kaum das Blatt berührend, mit dem Zeigefinger über Opas kindliche Handschrift aus verblasster Tinte. »Das hier ist mein Lieblingsbuch«, erinnerte er sich Opa sagen, »eine Zeitlang war es das einzige Buch, das ich hatte.« Dann lachte er und drückte es mit beiden Händen an sich. »Du wirst nicht glauben, wie oft ich es gelesen habe.« Verdrossen über die Zeitverschwendung mit der lästigen Suche nach geeigneten Büchern für ihn, interessierte Max nicht im Geringsten, was das Buch für Opa bedeutete. Jetzt bereute er sein Verhalten. Er hob den Stapel auf und stellte ihn zurück auf den Tisch. Die Schatzinsel nahm er zum Lesen auf sein Zimmer mit, wo er bereits nach wenigen Minuten in eine Welt eintauchte, die sich vollkommen anders anfühlte als

Spiele auf der Konsole oder Filme im Fernsehen. Man musste, wie Max feststellte, ein Buch lesen wollen, um dieses Gefühl zu erleben.

Zwei Wochen PlayStation-Verbot sorgten dafür, dass er Die Schatzinsel durchlas und mit einem weiteren Buch aus dem für ihn ausgesuchten Stapel loslegte. Auch in Zukunft spielte der Junge auf seiner Konsole und sah sich Sendungen im Fernseher an, doch diesmal brachte es ihn nicht davon ab, weiterhin Bücher aus Opas hinterlassener Bibliothek zu lesen.

Viktor Dueck wurde in Zelinograd in der Sowjetunion geboren. 1989 kam er mit 12 Jahren nach Deutschland.

Nach seiner Ausbildung arbeitete er 20 Jahre lang als Fabrikarbeiter, bevor er 2020 gleich zwei Romane veröffentlichte.

Viktor Dueck lebt mit seiner Familie in Nordrhein-Westfalen.

Saša Stanišić

Wie sind Sie zum Schreiben gekommen?

Über das Lesen wie viele andere Autor*innen auch. Ich las sehr viel in meiner Kindheit und Jugend und die Liebe zu dem, was ich in den Büchern fand, die magischen, die unterhaltsamen, die abenteuerlichen Welten und guten Gedanken, die wollte ich wohl selbst irgendwann auch schaffen, für mich und für andere. Anfangs waren es noch Gedichte, dann schon bald Prosa und zwei Romane, da war ich noch keine dreizehn.

Wie sind Sie zum Lesen gekommen?

Es begann mit einer Couch, in deren Wäscheschublade die Bücher schliefen. Ich legte mich dazu, und das Buch schlug die Augen auf. Wir tagträumten denselben Traum. Die Couch wurde zu einem Hundeschlitten in Alaska, zu einem Floß auf dem Mississippi, zu einer Insel, auf der ein Gestrandeter zu überleben versucht, die Couch wurde zu einem Ort, an dem ich an vielen Orten sein konnte. Meine Eltern füllten die Couch mit immer neuen Büchern für mich.

Mit welcher Figur aus einem Buch würden Sie sich gerne mal unterhalten?

Mit Goethes Mephistopheles!

Welchen anderen Autoren würden Sie gerne mal kennenlernen?

Ach, Autoren sind merkwürdig. Lieber keine kennenlernen.

Wie sieht ein typischer Arbeitstag für Sie aus?

Der Morgen und der Abend gehören meist der Familie. Außer wenn ich auf Lesereise bin. Dazwischen wird nachgedacht, recherchiert, Verwaltung gemacht, Interviews beantwortet und gelegentlich auch geschrieben. Das dann oft in einer Bibliothek (leider zu Pandemie-Zeiten unmöglich) oder auch in einem Café.

Was mögen Sie am liebsten an Ihrem Beruf?

Diese ständige Bewegung zwischen eigenen Gedanken und Erfahrungen und Ideen, und Ideen und Erfahrungen und Gedanken anderer Menschen, und dann noch ausgedachten Gedanken und Erfahrungen und Ideen. So ist es nie langweilig, selten anstrengend. Ich lerne viel und - das wichtigste – ich darf für Geld Geschichten erzählen: Wie schön ist das denn!

Was gefällt Ihnen am wenigsten an Ihrem Beruf?

Dass er in Deutschland und weltweit so wenig Anerkennung findet, obwohl wunderbare literarische Werke geschrieben werden, die Menschen viel geben.

Leute lesen immer weniger, andere Medien haben Literatur in der Rolle als unterhaltendes, aufklärendes, politisch relevantes Medium überholt. Das soll nicht literaturpessimistisch klingen, die Entwicklung würde ich auch gar nicht aufhalten wollen, Storytelling ist auch in anderen Formaten von tragender Bedeutung, d.h. für Autor*innen wird es immer Platz geben. Allerdings scheint mir das Medium Buch in seiner klassischen objekthaften Form – eher gefährdet – und damit auch die klassische Arbeit von Autor*innen, die schon seit Jahren selten ein Leben finanzieren können.

Warum sollte man sich die Zeit nehmen zu lesen?

Die Antwort darauf würde bei jede*r Leser*in anders ausfallen. Bei mir: Ich kann eigentlich am besten Nachdenken und auch Lösungen für Fragen und Probleme finden, wenn ich dem Nachdenken von jemand anderem beiwohnen darf.

Das muss nicht in Form von Literatur sein – auch Diskussionen und Vorträge haben eine ähnliche Wirkung auf mich. Formulierte Sätze, Bilder, Spiele mit Charakteren und dem Erzählen an sich – das alles bewegt und rührt mich (auch im nicht-emotionalen Sinne), das macht mich froh und bringt die Maschinerie zum Laufen, die mich selbst befähigt, andere Perspektiven anzunehmen und Lebenslagen, die meiner nicht gleichen, zu verstehen.

Und dieser Prozess braucht Zeit. Kurz mal nach einem Buch greifen und ein paar Sätze lesen, das bringt mir nichts. Ich muss mich wirklich eingraben in die erzählte Welt, damit meine gedachte Welt sich anfängt zu drehen.

Wie viele Notizbücher (beschriebene oder unbeschriebene) haben Sie bei sich liegen?

Interessanter Weise habe ich irgendwann mit dem Notieren aufgehört. Merke aber gerade bei der Frage, dass es mir fehlt. Und werde jetzt wieder damit beginnen.

Wie überwinden Sie eine Schreibblockade?

Ich kenne „Blockaden" eigentlich nur als Phasen, in denen ich überlege, wie ich etwas schreiben soll. Wie eine Figur weiterführen, wie einen Handlungsstrang auflösen. Es sind dies zwar Augenblicke (manchmal auch Tage) des Stillstands auf Papier, aber im Kopf tut sich in der Zeit eine Menge. Früher fand ich das unbefriedigend, denn ich wollte ja vorankommen, wollte die Geschichte weiterspinnen. Irgendwann aber habe ich begriffen, und es dann auch akzeptiert, dass das Nicht-Schreiben nicht bedeutet, dass man nicht schreibt. Man schreibt schon weiter, bloß nicht Buchstaben, sondern Strukturen und Vorstellungen, man schmiedet Pläne, macht sich über das Leben von einem Text Gedanken; nach und nach hat man so immer mehr Ideen gesammelt, mehr Sicherheit auch über den Text, und irgendwann weiß man auch, wie es weiter geht mit der Geschichte: Und das macht man dann, man schreibt weiter.

Wo sammeln Sie Inspiration?

Das ist so ein etwas archaischer Begriff. Inspiration als „von der Muse geküsst" kenne ich nicht. Beim mir dreht sich alles um den Einfall, Recherche,

Erfahrung, Ausprobieren. Arbeit an der Sprache, an der Figur, an der Welt.

An welchem Genre würden Sie sich gerne noch ausprobieren?

Das phantastische!

Haben Sie je etwas geschrieben und sich danach gedacht: Hilfe, das will doch keiner lesen?

Ja, das passiert ständig. Gelungenes Schreiben für mich ist vor allem gelungenes Ausmisten solcher misslungener Textstellen – von denen ich also weiß, dass sie nichts taugen. Ich schreibe also lieber erst einmal mehr als ich brauche und überarbeite das dann in einem zweiten und dritten Schritt, wobei das, was „doch keiner lesen will" ja manchmal dennoch bleibt, weil es mir dennoch wichtig ist. Aber vieles von dem, was wirklich nicht gut ist und was niemand braucht, das fliegt dann raus.

Was ist das Schönste/Schlimmste, was Sie je auf einer Lesung/Lesereise erlebt haben?

Vielleicht das Tollpatschigste: Ich bin mal einen Tag zu früh zu einer Lesung in Bingen gekommen. Niemand wusste, wer ich bin, im Hotel fand man meinen Namen nicht, ich konnte den Veranstalter nicht erreichen, es fühlte sich circa eine Stunde lang an wie ein völlig falscher Film, ein Traum. Dann löste sich alles erst mal auf, ich durfte das Zimmer einen Tag zu früh beziehen und verbrachte einen schönen Tag am Rhein. Am nächsten Tag dann um 19:00 zur Lesung, weil ich überzeugt war, dass die um 20:00

beginnt. Komme an, alle sitzen schon da, der Veranstalter mega nervös – die Lesung war für 19:00 geplant. Also sofort zum Lesepult und dann wurde es trotz allem sehr schön.

Saša Stanišić wurde 1978 in Višegrad in Jugoslawien geboren und lebt seit 1992 in Deutschland.

Er erhielt für seine Romane und Erzählungen zahlreiche Preise, unter anderem 2014 den Preis der Leipziger Buchmesse für seinen Roman „Vor dem Fest" und den Deutschen Buchpreis 2019 für seinen Roman „Herkunft". Seine Bücher wurden in über 30 Sprachen übersetzt.

Saša Stanišić lebt mit seiner Familie in Hamburg.

Lina Frisch

Zuhause in Millionen Welten

Als ich sechzehn war, bin ich in ein Flugzeug nach Tijuana, Mexiko gestiegen – und habe meinen Mut kurz darauf bereut. Während ich unter dem strengen Blick der Einreisebeamtin verzweifelt nach dem spanischen Ausdruck für „Austauschschülerin" suchte, wurde mir klar, dass ich meine neue Alltagssprache vielleicht doch nicht so gut beherrsche wie gedacht und als ich das Flughafengebäude verließ, schlug mir eine knapp vierzig Grad heiße Welle ungewohnt staubiger Luft entgegen. Das scharfe Essen, die laute und vor Leben sprühende Mentalität der Menschen, die plötzlich drohende Kriminalität, all das war mir fremd. Und dieses Fremdheitsgefühl blieb – bis meine Gastmutter mich eines Tages mit zum Einkaufen nahm und ich neben dem Supermarkt einen Buchladen entdeckte. Schon etwas weniger stotternd als am Flughafen fragte ich die Verkäuferin nach Harry Potter Bänden, den Büchern, die ich so oft gelesen habe, dass ich sie beinahe auswendig kann. Ich gab mein gesamtes Taschengeld des Monats für drei von ihnen aus. Von diesem Tag an fühlte ich mich nicht mehr entwurzelt. Ich hatte zwar weder meine Hündin Lotta, noch meine Familie oder das frische norddeutsche Klima zurückbekommen, aber ich war ab jetzt fähig, an Orte und zu Figuren zu reisen, die mir ebenso vertraut waren. Mitten in Mexiko habe ich gelernt, dass ich in Büchern zuhause bin. Dieses Wissen hat mich zurück nach Deutschland begleitet. Als ich drei Jahre später in meine erste eigene Wohnung zog, habe ich am ersten Abend zwischen halb ausgepackten Kartons und frisch zusammengebauten Ikea-Möbeln im Schneidersitz ein altes Lieblingsbuch von Jodi Picoult gelesen. Am Morgen meines ersten Tages an der Uni habe ich mir beim Frühstück die Nervosität von Katniss' Mut in Tribute von Panem nehmen lassen. Bis heute nehme ich auf jede Reise mindestens zwei Bücher mit. Andere tragen ihr Zuhause im Herzen, ich meins im Rucksack.

Als ich anfing zu schreiben, lernte ich etwas Neues dazu. Ich kann nicht nur Orte sammeln, die mir gefallen. Ich kann sie erschaffen. Dieser Teil des Schreibens gefällt mir am meisten, das Erschaffen von Figuren und Welten aus dem Nichts. Ich persönlich tue das nicht mit Plan auf Papier. Ich habe es versucht, weil ich dachte, so macht man das als organisierte Autorin, aber meine Fantasie lässt sich leider nicht herumkommandieren. Sie hat mir die erste Idee zu „Falling Skye" in dem seltsamen Zustand zwischen wach sein und schlafen, wenn man um drei Uhr nachts ein Geräusch gehört hat, gezeigt (der Grund, weshalb ich seitdem ein kleines Notizbuch in meiner Nachttischschublade habe). Viele andere Ideen bekomme ich beim Spazierengehen, weshalb die Notiz-App auf meinem Handy voll von unzusammenhängenden Sätzen über diesen oder jenen Charakter ist. Das Ende von „Rising Skye", dem zweiten und letzten Band meiner Reihe, fiel mir im Kino ein, seltsamerweise bei Downton Abbey, ein Film, der nicht weniger mit der Welt der Gläsernen Nationen zu tun haben könnte. Aber so scheint meine Fantasie zu funktionieren, chaotisch und ungeplant, und ich habe aufgehört, sie zu hinterfragen oder meinem Perfektionismus anpassen zu wollen. Stattdessen sehe ich den

Notizbuchstapeln auf und um meinem Schreibtisch beim wachsen zu, klebe Post-It Zettel auf jede verfügbare Oberfläche und freue mich, wenn ich Monate später einfach so über die rettende Idee stolpere, indem ich mal wieder mein Notizchaos durchsehe.

Mein erstes Buch, „Falling Skye", habe ich im Januar 2020 veröffentlicht. Obwohl ich damals erst 22 Jahre alt war, war es kein leichter Weg, wie man vielleicht annehmen könnte. Aber das ist es eigentlich nie, oder zumindest sind diejenigen, die auf Anhieb einen Verlag für ihr Buch finden, eher die Einzelfälle. Aber seltsamerweise habe ich nie daran gezweifelt, dass ich einmal Skyes Geschichte in den Händen halten würde. Ich war frustriert und verletzt, wenn ich Absagen bekommen habe, aber das Schreiben und damit meine Figuren, meine Welt und meine Botschaft aufzugeben, ist mir nie in den Sinn gekommen. Und heute, wenn ich lese oder gesagt bekomme, dass mein Buch Augen geöffnet und Veränderungswillen herbeigerufen hat, bin ich unendlich froh über diese Mischung aus Sturheit und Optimismus, die mich davon abgehalten hat, das Handtuch zu werfen. Denn vielleicht habe ich mit „Falling Skye" kein Buch geschaffen, in dem man sich zuhause fühlt. Aber ich habe eins geschrieben, das den Drang weckt, unser reales Zuhause zu verändern, damit uns nicht dasselbe passiert wie den Figuren, die wir kennen und lieben gelernt haben. Damit wir weiter – oder vielleicht auch noch ein wenig mehr als jetzt – in einer gleichberechtigten Welt leben. Damit wir hinterfragen und unsere Freiheit nicht leichtfertig gegen eine trügerische Sicherheit eintauschen. Damit wir uns nie in Muster pressen lassen und vergessen, was im Leben vielleicht am meisten zählt: Wer wir sind und was wir wollen.

Wie jeder von uns weiß ich nie, was auf mich zukommt. Aber ich weiß, dass ich zwei Gaben besitze. Die, mich von Anderen in ferne Welten tragen zu lassen und die, ferne Welten zu erschaffen. Anders als Harry Potter verstehe ich nicht viel vom Zaubern. Aber das kommt Magie schon ziemlich nahe, oder nicht?

Lina Frisch ist 23 Jahre alt. Sie kommt aus Flensburg und lebt mittlerweile in Osnabrück, wo sie Psychologie studiert. Ihre Liebe zu Geschichten entdeckte sie schon im Kindergarten – und schreibt selbst, seit sie einen Stift halten kann. Mehr über ihre Bücher und das Leben als Autorin auf Instagram unter linafrisch_autorin oder auf www.lina-frisch.de

Harald Jösten

Verlagsvertreterin – Ein Berufsleben zwischen Inhaltseuphorie, Verlegerdruck, Buchhändlerfrust und Autobahnwahnsinn oder Der Weg des Geistes ist der Umweg

Ein kleines erklärendes Wort vorweg: Es ist inzwischen üblich geworden, geschlechtsspezifische Bezeichnungen in allen Geschlechtsvarianten zeitgleich zu verwenden. Ich bin zugegeben altmodisch und empfinde die gendergerechte Schreibung mit „Innen" und „*" oder „xx / xx" als extrem umständlich, zudem macht es meines Erachtens Texte unlesbar. Daher erlaube ich mir, in diesem Text nur die weibliche Form zu nutzen, wenn von Buchhändlerinnen oder Vertreterinnen im Allgemeinen gesprochen wird - schließlich sind die allermeisten Kollegen Kolleginnen. Daher müssen die Männer unter den Leserinnen nun mal die Umdenk- oder Mitdenkleistung vollbringen, wie sie unseren Kolleginnen seit jeher zugemutet wurde. Womöglich resultiert die Multitaskingfähigkeit, die Frauen allenthalben zugesprochen und Männern eher abgesprochen wird, aus diesem permanenten Training… Wenn von mir als Buchhändler oder Vertreter die Rede ist, erlaube ich mir die maskuline Form zu verwenden. So sehr mag ich mich dann auch nicht verbiegen. Falls ich damit auf den einen oder anderen herumliegenden Schlips, pardon, Halstuch, trete: Sorry, ist nicht bös gemeint.

Vielleicht sind Ihnen ja schon einmal einzelne Damen oder Herren aufgefallen, die mit Koffern und Umhängetaschen schwer bepackt in Ihrer

Stammbuchhandlung eingekehrt sind, von Ihrer Buchhändlerin mehr oder minder freudig begrüßt wurden und beide dann mitunter stundenlang die einzige Sitzgruppe blockieren – genau da wo Sie eigentlich gewöhnlich sitzen, um in die vielen schönen Bücher hineinzusehen. Und vielleicht haben Sie sich gewundert: Was machen die denn das? Wer ist denn das?

Was Sie da beobachtet haben, ist ein Teil, und nicht der unwichtigste, des Biotops Buchhandel – das Gespräch zwischen Buchhändlerin und Verlags-Vertreterin, in dem neben anderen geschäftlichen Aspekten vor allem der Einkauf der neuen Verlagsprogramme, sprich der Neuheiten des Frühjahrs oder Herbstes, stattfindet. Hier wird das konfiguriert, was Sie als Kundin dann später im Laden stehen sehen: das Sortiment.

Verlagsvertreterinnen sind Leute, die sich vor allem mit dem „Vertreiben" von Büchern befassen – doppelsinniges Wortspiel. Vertreterinnen sind also Vertrieblerinnen, Menschen, die Waren (hier: Bücher u. ä.) an Kunden (hier: Buchhändlerinnen) verkaufen. Verlagsvertreterinnen gibt es in zwei Basisvarianten: sogenannte freie Vertreterinnen und angestellte Vertreterinnen. Erstere arbeiten „frei", sind selbständige Unternehmerinnen (die wiederum selbst angestellte Vertreterinnen haben können) und i. d. R. für mehrere unterschiedliche Verlage tätig. Beispiel: Eine Vertreterin ist für die Verlage Kosmos, Oetinger, Frech, Neumann-Kalender u.a. „unterwegs", bietet also die Programme der genannten Verlage an und verkauft diese. Honoriert wird sie durch prozentuale Provisionszahlungen. Sie bekommt also vom jeweiligen Verlag einen Betrag X vom Nettowert des in der Buchhandlung gemachten Auftrags. Von dieser Provision müssen dann alle Kosten finanziert werden: Reisekosten wie Treibstoff, Hotelunterkunft etc., Eigenlohnkosten, Steuern, Materialkosten und vieles mehr.

Angestellte Vertreterinnen sind hingegen bei einem Verlag oder einer Verlagsgruppe angestellt und vertreten daher auch nur die Programme dieses einen Verlages bzw. der Verlagsgruppe. Sie werden zumeist in einer kombinierten Form entlohnt, die aus einem Grund- oder Festgehalt besteht und umsatzabhängigen variablen Zusatzzahlungen (Pauschalen oder Provisionen). In der Regel bekommen sie auch ein Dienstfahrzeug seitens des Arbeitgebers gestellt.

Verlagsvertreterin ist kein Ausbildungsberuf, sondern eine Tätigkeit, für deren Ausübung man eine Berufsausbildung haben sollte (die i.d.R. die Ausbildung zur Buchhändlerin ist, aber nicht sein muss; es gibt sehr wohl auch Quereinsteigerinnen aus anderen, meist kaufmännischen Berufen). Solide praktische Branchenkenntnisse im Buchhandel und eine ausgeprägte Erfahrung sind allerdings absolut von Vorteil. Viele Vertreterinnen haben zunächst viele Jahre in einer Buchhandlung oder in einem Buchverlag gearbeitet, bevor sie Vertreterin wurden. Was eine solide ausgebildete, erfahrene Buchhändlerin für Sie als Leserin ist, dass ist die erfahrene Verlagsvertreterin für die Buchhändlerin: eine vertraute und vertrauenswürdige Beraterin in Sachen Buch.

Ich selbst zunächst habe den Beruf des Buchhändlers „von der Pike auf" erlernt und arbeite in diesem Beruf in unterschiedlichen Funktionen und Tätigkeitsfeldern seit über 40 Jahren („einfacher" Buchhändler, Abteilungsleiter, stellv. Filialleiter einer Großbuchhandlung, Vertriebs- und Marketingleiter eines kleinen Verlages, Verlagsvertreter – dazwischen eine Unterbrechung für's Studium). Diesen Beruf zu ergreifen war eine bewusste Entscheidung. Wenn jemand nun als Grund für diese bewusste Entscheidung von mir die Aussage: „Weil ich immer schon gerne gelesen habe…" erwartet hat, so würde ich das sicher unterschrieben - aber das alleine reicht nicht im Mindesten aus.

Ich habe selbst früher Auszubildende ausgebildet bzw. Mitarbeiterinnen eingestellt – und habe in den Einstellungsgesprächen gerne die Frage gestellt: „Warum wollen Sie gerade in dieser Buchhandlung arbeiten bzw. Warum wollen Sie ausgerechnet Buchhändlerin werden?" Und wenn die (erwartete) Antwort kam: „Weil ich immer schon gerne gelesen habe", musste ich leider immer wieder eher idyllische, aber falsche Vorstellungen von der friedlich im Laden vor sich hin schmökernden Buchhändlerin zerplatzen lassen. Die meisten hörten es nicht gerne, dass sie in diesem Beruf zum Lesen (zumindest während der Arbeitszeit im Laden) sicher am allerwenigsten kommen würden. Und dass für's Lesen während der Arbeitszeit mitunter sogar eine Abmahnung oder gar die Kündigung drohe, machte nicht wenige sogar fassungslos. Ein Satz, den ich selbst in den ersten Lehrlingstagen (das hieß damals noch so) auch selbst gehört hatte: „Sie werden hier nicht für's Lesen bezahlt…".

„Weil ich so gerne lese…" als Begründung für den Berufswunsch ist ungefähr so, als würde eine Forelle erzählen, sie sei so begeistert Forelle, weil sie gerne im Wasser schwimmt. Dass eine Forelle gar nicht ohne Wasser existieren kann, brauche ich hoffentlich nicht zu erwähnen…

Anders gesagt, gerne zu lesen ist die unabdingbare, existenzstiftende Grundvoraussetzung dafür, diesen Beruf auszuüben, gleichgültig, in welcher Form oder Funktion. Auch wenn man dieses Lebenselixier immer nur nach Feierabend und am Wochenende zu sich nehmen kann. Wer nicht gerne liest, ist in dieser Branche völlig fehl am Platz.

Ja, ich lese sehr viel und sehr gerne. Neben den Titeln, die ich beruflich lesen muss (Manuskripte, insbesondere im Vorfeld von Verkaufskonferenzen), natürlich Bücher, die mich persönlich interessieren (optimalerweise fällt beides zusammen – aber nicht immer). Oft muss ich Bücher lesen, die mich privat nicht die Bohne interessieren, die ich aber beruflich kennen muss. Wie viele Bücher ich im Jahr lese, kann ich kaum abschätzen; je nach Umfang und „Schwierigkeitsgrad" im normalen Schnitt sicher 3-6 pro Woche. Das ist kein Prahlen – ich bin ein Schnellleser, je nach Genre 50-60 Seiten die Stunde. Ein Roman pro Sonntagvormittag ist normal.

Die Frage nach dem Lieblingsgenre ist schnell und klar beantwortet. Uneingeschränkt und wie aus der Pistole geschossen: Krimis (vorzugsweise solche mit dem gewissen Etwas – meint: mit Ironie, Witz, aber auch raffiniert „gestrickten" Plots und Spannungsbögen, nachvollziehbaren Motiven und originellen Auflösungen). Gerne auch regionale Krimis, sofern die AutorInnen die „Region" nicht als bloße Folie für eine X-beliebige Handlung hernehmen, die (herausgelöst aus dem regionalen Zuckerguss) genauso auch ganz woanders spielen könnte. Der Autor sollte die Eigenheiten der erzählten Region schon wirklich kennen (vorzugsweise dort leben oder von dort stammen; schließlich will ich als Leser neben der eigentlichen Krimi-Handlung etwas über diese Gegend, vor allem aber über die Leute dort, deren Mentalität, Eigenheiten, Gebräuche etc. erfahren). Reiseführerwissen kann ich mir selbst anlesen. Handlungen, in denen Region und Geschehen untrennbar miteinander verwoben sind, womöglich sich sogar gegenseitig bedingen, sind das Optimale für einen Regionalkrimi (leider eher selten). Aber ich schätze auch sehr die „Krimi-Klassiker", hier allen voran Dorothy Sayers (Der Glocken Schlag ist für mich einer der besten Krimis überhaupt). Von den „modernen" Autorinnen schätze ich besonders Ann Cleeves (die Vera Stanhope Reihe, die Shetland-Krimis). Ich mag widerborstige „Helden".

Warum bin ich Buchhändler respektive Verlagsvertreter geworden?

Bei mir war es tatsächlich schon von Teenagerzeiten an die Faszination „Buch", die mich in diesen Beruf gebracht hat. Alles was mit Büchern zu tun hatte, fesselte mich: Wie sie gemacht werden (Papier, Druck, Bindung), was darinsteht (Welten, Ideen, Träume – Wissen, Freiheit, Freude), wie man sie unter die Leute bringt. Aber immer auch: Mit anderen darüber sprechen. Bücher sind Kommunikation auf vielen Ebenen. Man kann mit ihnen sprechen, über sie, auch gegen sie. „Bücher sind dickere Briefe an Freunde", hat Jean Paul mal gesagt. Für manche sind die Bücher selbst die besten Freunde. Man kann durchaus schlechtere Freunde haben….

Nach dem Abitur die Frage: Studium? „Lern erstmal etwas Anständiges, studieren kannst du später immer noch". Also Berufsausbildung – doch welche? Was mit Büchern, das was klar. Bibliothekar - erschien mir reichlich langweilig; Archivar – auch nicht spannender. Ein bisschen mehr Action wollte ich schon. Und der Beruf des Buchhändlers galt damals noch als etwas sehr Anständiges, hatte sogar den Ruch des Elitären. Oh, Buchhändler… raunte einem fast bewundernd entgegen, wenn man sagte, welchen Beruf man erlerne. So als hätte man gesagt, man lerne Löwen und Tiger zu domptieren. Und ich glaubte jedenfalls, dieser Beruf würde die gewünschte Action mitbringen. Action gab's dann im Laufe der Jahre wahrlich mehr als genug. Vielleicht wäre doch die Bibliothek…?

Aber zurück zum Thema. In den ausgehenden 90er Jahren hatte ich dann eine erste Erfahrung als Vertreter, die aus Gründen die weniger mit mir, sondern eher den Umständen geschuldet waren, nachgerade traumatisch war. Nach diesem Intermezzo war ich vom Vertreterdasein dauerhaft abgeschreckt – dachte ich. Für die nächsten 10 Jahre arbeitete ich als Vertriebs- und Marketingleiter in einem kleinen Verlag. Als dieser aber gegen Ende der 2000er Jahre verkauft wurde, war das Bürodasein vorbei. Vertriebsleiter dürfen bei Verlagsverkäufen i. d. R.als erste gehen, das scheint ein ungeschriebenes

Gesetz zu sein. Neue Besen und so.

Damals gab es im Norden, wo ich aufgrund privater Bindungen unbedingt bleiben wollte, kaum Aussichten, einen Vertriebsleiter-Job zu finden. Da kam das Angebot meines jetzigen Chefs, bei ihm in die Vertretung einzusteigen, zwar nicht ungelegen, aber spontane Begeisterung sieht anders aus. Zu sehr steckten mir die negativen Erfahrungen 10 Jahre zuvor noch in den Knochen. Mach' das erstmal, bis du was anderes gefunden hast, dachte ich so bei mir. Es kam nichts anderes, und ich wollte bald auch gar nichts anderes. Dieser „grauenvolle" Job stellte sich nämlich nach und nach als genau das heraus, was mir Spaß macht (zuweilen mit deutlichen Einschränkungen – aber in welchem Job gibt es die nicht…). Für mich ein Glücksgriff, der zunächst gar nicht danach aussah.

Im Wesentlichen besteht meine Aufgabe (gilt natürlich für alle Verlagsvertretungen), darin, unseren Handelspartnerinnen die Produkte der von uns vertretenen Verlage/Produzenten vorzustellen und zu verkaufen. Diese Handelspartnerinnen sind im zumeist Buchhändlerinnen, aber in den letzten Jahren zunehmend auch andere Wiederverkäuferinnen. Welche Kundinnen für uns als Ansprechpartnerinnen in Frage kommen, hängt sehr von den Programmen der jeweils vertretenen Verlage ab. Da es immer wichtiger wird, die jeweils spezifischen Titel an die jeweils spezifische Zielgruppe zu bringen, müssen wir natürlich dahin gehen, wo diese Zielgruppen sind bzw. die Produkte suchen/finden.

Der Arbeitsalltag besteht aus tausenden kleinen Tätigkeiten. Neben den regelmäßigen eigentlichen Reisen zu Kunden sind es vielfältigste Büroarbeiten: Telefonate, Erstellen und Interpretieren von Statistiken (Excel-Freaks habe ihre wahre Freude), Analysen, Beurteilungen – viel Schreibtisch, viel Laptop-Arbeit. Aber will ich hier nicht mit den zahllosen Details des Vertreteralltags langweilen. Das soll ja kein Handbuch für angehende solche werden. Beantworte ich lieber die gestellten Fragen und gewähre Ihnen damit einen kleinen Einblick in die Arbeit eines Verlagsvertreters.

Was gefällt Ihnen am besten, was am wenigsten an Ihrem Beruf?

Man kommt herum, zumindest im Reisegebiet – und das unsere ist flächenmäßig ziemlich groß: Schleswig-Holstein, Hamburg, Niedersachsen, Bremen. Macht in Summe 64.685 qkm Reisegebiet. Vom nördlichsten Reisepunkt (Harrislee) bis zu den südlichsten (Hannoversch Münden, Nordhorn/Emsland) sind es jeweils rund 450 km einfache Tour. Zeitweise bin ich zudem in Sachsen, Sachsen-Anhalt und Thüringen gereist. Tatsächlich war ich auch mal im Reisegebiet Dänemark unterwegs (ganz kurzes Intermezzo mit dem Produkt Kalender). Im Jahr kommen so runde 45-50.000 km Fahrleistung zusammen. Man sollte als Vertreterin also schon sehr gerne Auto fahren. Auch lange Arbeitstage sollt man nicht scheuen: In der Reisezeit liegen die schnell mal bei 10-13 Stunden (inkl. Fahrerei; bei Stau länger).

Man lernt also viele Gegenden kennen (und durchaus

auch lieben), in die man ohne diesen Job wohl niemals freiwillig gefahren wäre. Man bekommt viel Input (manchmal zu viel) auf vielfältigsten Ebenen. Nun sollten Sie aber nicht annehmen, als Vertreterin hätte man zwischen den Kundenbesuchen massenhaft Zeit für Sightseeing und/oder Naturgenuss, Museen, Theater, Konzerte, Café-Besuche, Kneipentouren. Klar, ab und an gibt es kurze Phasen des Leerlaufs (ausgefallene Termine etc.), wo man sowas mal einschieben kann. Das geschieht aber eher selten (und wenn, dann leider häufig im Winter oder bei miesestem Wetter, wo es nun wirklich keinen Spaß macht, im Park zu bummeln oder am Meer zu sitzen). Meistens sind die Tage so eng getaktet, dass man froh ist, überhaupt alles geschafft zu haben, sich abends mit einem Döner und einem Bier ins Hotel begibt, nötigenfalls noch ein wenig arbeitet (Aufträge nachbearbeiten, Mails lesen und beantworten – es ist immer noch was zu erledigen) und ansonsten die Beine hochlegt und in die Glotze starrt. Lesen – ja, durchaus zuweilen. Aber wenn man den ganzen Tag mit Wurst zu tun hat, darf's abends auch mal Käse sein.

Wo wir Vertreter uns nach einer Weile aber alle bestens auskennen, sind die Parkhäuser, die Seitenstraßen mit „garantierten" Parklücken und die Schnellimbisse in den Städten, auch das eine oder andere gute, günstige Hotel (nicht immer gleichzeitig zutreffend) ist dabei. Essenzielle Grundfähigkeiten im Vertreterinnenleben: Eine Vertreterin findet immer überall hin (und sei es über Umwege). Eine Vertreterin findet immer und überall etwas zu essen und zu trinken. Eine Vertreterin findet immer und überall eine Übernachtungsmöglichkeit (Planung ist das halbe Leben, der Rest ist Improvisation). Eine Vertreterin kommt gut mit sich allein zurecht. Manchmal bleibt da auch gar nichts anderes übrig: Die Scheidungsrate ist überdurchschnittlich hoch.

Als allererstes ist es aber der Kontakt, sind es die Gespräche mit den höchst unterschiedlichen Kundinnen, die den Reiz dieses Berufs ausmachen. Buchhändlerinnen und Buchhändler sind schon ein sehr besonderes Völkchen. Oft ein bisschen schrullig, immer sehr individuell, bewundernswert eigenwillig, zuweilen sehr zielstrebig, meistens wohl wissend, was sie wollen und was nicht, selten glatt gebügelter Mainstream. Absolut liebenswert also – auch wenn man zuweilen den einen oder anderen in die Gefilde des Gewürzanbaus wünscht. Es gibt nämlich durchaus auch, nun sagen wir mal, besonders individuelle Zeitgenossinnen, mit denen man nicht unbedingt auf der gleichen Wellenlänge schwimmt, die nahezu jeden Morgen mit dem linken Fuß aufzustehen scheinen und/oder denen es schlicht eine große Freude macht, ihren Mitmenschen den Tag zu vergrätzen. Bei denen laufen die Besuche dann nicht unbedingt so heiter und fröhlich ab, wie man es sich wünscht. Nichtsdestotrotz, ein liebenswertes, besonderes Völkchen – ich möchte keine und keinen davon missen! Ich glaube, ich darf das so sagen – schließlich bin ich selbst einer. Tja, wie Robert Gernhardt so schön sagte: „Die größten Kritiker der Elche sind selbst welche."

Angenehm ist die sehr selbständige Arbeitsweise, die relativ freie Einteilung der Arbeit. Sicher müssen Termine eingehalten werden, sicher müssen viele Aufgaben mit Deadline erledigt werden, oft genug ist es auch zu viel Arbeit (eines der großen Mankos – irgendwie ist man nie wirklich fertig mit der Arbeit), aber letztlich kann ich sehr selbständig und eigenverantwortlich arbeiten. Heißt natürlich auch: Ich trage die volle Verantwortung für das, was ich sage und tue! Wenn ich einer Kundin etwas zusage, dann muss ich das halten – wie auch immer: Verlässlichkeit und Verbindlichkeit sind hier die relevanten Stichworte. An der Front bin ich allein. Wenn Probleme auftauchen, muss ich die selbst lösen (erstaunlicherweise sind nämlich immer gerade dann alle Chefs, Kollegen oder die Leute im Verlag, die weiterhelfen könnten, nicht da, in der Mittagspause, in Meetings oder sonst wo). Weitere Grundfähigkeit einer Vertreterin: Auftauchende Probleme kunden- und lösungsorientiert aus der Welt schaffen. Oder erstmal so entschärfen, dass eine finale Lösung später erfolgen kann. Wie auch immer. Wer da gut improvisieren kann, hat die besseren Karten.

Es gibt natürlich auch Aspekte, die weniger begeistern. Die ewigen Stunden auf der Autobahn und in Staus nerven umso mehr, je länger ich den Job mache. Ich weiß nicht, wie viele Wochen oder Monate meines Lebens ich inzwischen in sinnlosen Staus verplempern musste. Danke liebe Verkehrspolitiker! Auch der permanente Druck (Zeitdruck, Verkaufsdruck) wird immer schwerer zu ertragen (vielleicht wird man mit zunehmendem Alter dünnhäutiger; nicht alles ist durch Bessere Arbeits- und Selbst-Organisation lösbar). Die Anforderungen seitens der Verlage einerseits, aber auch der Buchhändlerinnen andererseits, werden höher und diffiziler – da fühlt man sich schon manches Mal zwischen zwei Mühlsteinen zerrieben… Und irgendiwo hat man ja auch noch ein Privateben (was allzu häufig zu kurz kommt). Hätte nicht der Earl of Sandwich das gleichnamige Butterbrot bereits erfunden – Vertreterinnen wären prädestiniert für diese Erfindung. Wir wissen sehr gut, wie es zwischen den Stühlen, respektive Toastscheiben, aussieht.

Und wenn dann „Feierabend" ist, ist es meistens doch noch nicht zu Ende. Wenn ich unterwegs bin (also während der Hauptreisezeiten), dann arbeite ich abends so lange weiter, bis alle (vermeintlich) notwendigen Arbeiten erledigt sind bzw. wie die Laune ausreicht. Die Tage sind „eh versaut" und so gemütlich sind die Hotelzimmer in der Regel auch nicht... Dann lieber die Woche über „durchwuppen", um am Wochenende nicht mehr arbeiten zu müssen. Wenn ich dann am Freitag von einer Tour nach Hause komme, dann wird zu Hause nur noch gearbeitet, wenn es wirklich unumgänglich ist. Die große Kunst besteht im mentalen Abschalten. Je nach Arbeitsbelastung/Stress fällt es nicht leicht, abzuschalten und so kommt es durchaus zu durchgrübelten, schlafarmen Nächten. Sehr hilfreich, hier entsprechende Techniken zu beherrschen (Meditation, autogenes Training o.ä.).

Im Homeoffice (was in den letzten Monaten stark zugenommen hat) muss man sich dann schon feste Zeiten und Schlusspunkte setzen, um nicht in eine Arbeitsdauerschleife zu rutschen. Denn wirklich fertig ist man in diesem Job, wie schon gesagt, nie.

Hier versuche ich eine feste Feierabendzeit einzuhalten. Zum Glück sind nicht alle Tage mit unaufschiebbaren Vorgängen gespickt, sodass man mal auch früher Feierabend machen kann.

An welchen Schritten oder Vorgängen bei der Entstehung und dem Vertrieb eines Buches sind Sie beteiligt?

Natürlich sind wir als Vertreterinnen hauptsächlich damit befasst, die jeweils in Vorbereitung befindlichen oder bereits fertigen neuen Verlagsprodukte, sowie die lieferbaren Artikel (neuhochdeutsch Backlist) unserer Verlage in die Buchhandlungen und damit letztlich an die Endkunden zu bringen.

Dennoch sind wir immer wieder auch früher mit im Boot und werden nicht selten schon weit im Vorfeld gefragt, ob etwa ein dem Verlag angebotener Titel uns verkäuflich erscheint oder nicht, ob wir für derartige Themen überhaupt einen Markt sehen, ob wir Ideen haben, wie der Verlag bestehende Trends mit weiteren marktgerechten Titeln füttern kann. Manchmal liefern auch wir selbst die Anstöße für Bücher oder tragen Anregungen aus dem Buchhandel in die Verlage. Wir sind also durchaus frühzeitig und auf vielen Ebenen mit der Entstehung eines Buches beteiligt. Vertreterinnen kommen bei ihren Reisen mit den unterschiedlichsten Geschäftsmodellen, Ladengrößen, Kundenstrukturen, regionalen Eigenheiten in Kontakt und registrieren diese optimalerweise. Mosaiksteinchen, die bestenfalls irgendwann ein Gesamtbild ergeben.

In den Vertreter-Konferenzen, die in der Regel 2 x pro Jahr im Frühjahr und Herbst stattfinden (ergänzt ggf.

durch Zwischenkonferenzen per Telefon/Zoom o.ä.), können wir sehr häufig Einfluss auf Titelformulierung/-gestaltung, Covergestaltung und Vorschautexte nehmen. Das geht von „wir wählen aus mehreren Vorschlägen das Cover aus, welches wir für einen guten Verkauf am zielführendsten halten" bis hin zur kompletten Neuentwicklung im Gespräch oder der Aufforderung an die Graphikerinnen, ganz neue Ansätze umzusetzen, weil die gelieferten nicht stimmig sind, falsche Assoziationen hervorrufen o.ä. Das ist allerdings von Verlag zu Verlag unterschiedlich. Die Spannbreite reicht vom kompletten Mitspracherecht bis zu „nehmet hin und esset, es gibt nichts anderes". In aller Regel hören und berücksichtigen die Kolleginnen im Verlag unsere, durch langjährige Praxiserfahrung gestützte, Meinung.

Würden Sie sich noch einmal für den Beruf entscheiden, wenn Sie die Wahl hätten?

Jederzeit und immer wieder! Zwar würde ich ein paar Sachen anders machen, konsequenter durchziehen, früher anfangen oder abbrechen, dennoch: aus ganzem Herzen Ja.

Aber wird es diesen Beruf in wenigen Jahren überhaupt noch geben? Eine Frage, die angesichts der Entwicklungen in der Branche durchaus und zurecht gestellt werden darf. Kleine Vorwarnung: Das Folgende mag der einen oder anderen ein wenig polemisch oder pessimistisch erscheinen. Seis drum. Vielleicht sehe ich manches auch zu düster – hoffen wir gemeinsam, dass es so ist!

Die Digitalisierung wird uns allenthalben als Allheilmittel gegen jegliche Gebrechen angepriesen. Die digitalisierten Prozesse auf allen möglichen Ebenen haben durch die coronabedingten Kontakteinschränkungen einen bisher ungeahnten Aufschwung erfahren. Die Entwicklungsschritte sind vom Trab in den Galopp gesprungen.

Informationen über Bücher, ob neu oder alt, ob geplant oder schon erschienen, ob lieferbar oder vergriffen, kann jeder zu jeder Zeit im Internet abrufen. Die Datenbanken großer Versender helfen da ebenso weiter wie buchhandelseigenen Datenbanken (VlB-Tix, Barsortimentsdateien). Und da sind Fakten-Information zu jedem beliebigen Titel präziser und detaillierter abrufbar, als sie je eine Verlagsvertreterin und auch, pardon, je eine Buchhändlerin im Kopf haben könnte, und sei sie noch so versiert und erfahren.

Bestellen kann jede Buchhändlerin direkt, entweder über die buchhändlerischen Plattformen, über die Verlagshomepages oder über die Auslieferungen, klar auch über die Barsortimente. Niemand braucht zwingend einen Vertreter, um an Ware zu kommen oder an Fakteninformationen. Geht alles digital. Übrigens braucht so gesehen in einem weiteren Schritt auch niemand mehr Buchhändlerinnen. Als Endkunde kann ich mir alles, was ich brauche, über das Netz bestellen. Morituri te salutant!

Klar geht vieles digital, klar kann ich als Vertreterin oder als Buchhändlerin auch fernmündlich oder per Zoom mit anderen kommunizieren – aber es ist nicht dasselbe wie „in echt", Ohr zu Ohr, Gesicht zu

Gesicht. Es fehlen die direkten Rückkoppelungen, die verzogenen Gesichter, das verschmitzte Lächeln, das nonchalante Schulterzucken, die vor Begeisterung funkelnden Augen, die Gestik, die Mimik - die Emotion. Bücher verkaufen (das gilt auf der Ebene Vertreterin <> Buchhändlerin genauso wie auf der Ebene Buchhändlerin <> Leserin) ist nicht nur das technische Abwickeln eines Ware-gegen-Geld-Tausches. Bücher verkaufen ist mehr. Unsere Kundinnen wollen von uns persönliche, erfahrungsgestützte Einschätzungen hören, unsere individuelle Beurteilung, unsere ureigene Meinung. Genauso wie die Buchhändlerin als Mensch mit all ihren Eigenheiten und Meriten ihren Kundinnen gegenübersteht, die sie im Idealfall schon lange und gut kennt, so stehen wir als Vertreterinnen unseren Kundinnen, den Buchhändlerinnen, als Mensch gegenüber, mit all unseren Erfahrungen, Macken, Eigenheiten. Mit all dem, was Gespräche lebendig macht und spannend. Wir reden miteinander, über Gott und die Welt, über Bücher und bringen uns so Inhalte näher, ordnen sie ins große Ganze ein. Nicht wenige Buchhändlerinnen vertrauen ihrer Vertreterin nahezu blind und kaufen ein Buch nur deshalb ein, weil sie es ihnen nahelegt. Eine große Verantwortung, mit der man als Vertreterin nicht leichtfertig umgehen sollte. Sich das Vertrauen der Buchhändlerin zu erarbeiten, dauert Monate, manchmal Jahre – und kann in 5 unbedachten, leichtfertigen Minuten verspielt sein.

Nun soll noch der Wunsch nach dem schönsten Erlebnis und einer Anekdote aus dem Berufsleben erfüllt werden.

Mein schönstes Erlebnis habe ich nicht als Vertreter, sondern als junger Buchhändler erlebt – die Geschichte ist also über 40 Jahre her. Dennoch bekomme ich noch heute eine Gänsehaut, wenn ich daran denke. Später habe ich noch viele weitere Bücher-Kostbarkeiten in Händen halten dürfen, aber dieses erste Mal ist unvergesslich.

Ich habe meine Ausbildung in einer sehr renommierten Düsseldorfer Buchhandlung auf der Kö gemacht (gibt's leider schon eine Weile nicht mehr). Mein damaliger Chef handelte neben dem „normalen" Sortiment mit antiquarischen Büchern. Sein Schwerpunkt lag auf Inkunabeln und anderen „besonderen" antiquarischen Büchern. Er hatte einen sehr wohlhabenden Kunden, der schon viele wunderbare Buchschätze erworben hatte und für diesen flog er eines Tages nach New York, um bei Sotheby's ein Buch zu ersteigern. Das bekam er tatsächlich (kostete damals, so erinnere ich es jedenfalls, knapp 200.000 Dollar) und brachte es mit in den Laden (genauer in sein Antiquariats-Kabinett im ersten Stock – nur mit Sicherheitscode zugänglich). Es handelte sich um ein schmales, aber recht dickes Büchlein von vielleicht 15 x 10 cm (bitte nageln Sie mich nicht auf das Format fest – ich erinnere es als schmal, dick und erschütternd klein), eingebunden in schlichtes braunes Leder. Innen auf dem Vorsatz war mit Siegelwachs ein Blei- oder Zinnkettchen eingeklebt. Alles versehen mit Echtheitszertifikaten und Schutzschatulle. Dieses Buch durfte ich in meinen, natürlich mit Glacé behandschuhten Händen halten. Ein Erlebnis für mich jungen Buchhändler, welches ich nie in meinem Leben vergessen sollte – der Atem der Geschichte hauchte damals über mich.

Es war das Gebetbuch von Maria Stuart, welches sie auf dem Weg zum Schafott bei sich trug, das Büßerkettchen um ihren Hals, der später durchtrennt wurde…

Und Anekdoten aus dem Berufsleben?

Da gibt es viele kleine Geschichten, die aber zumeist nur aus der Situation heraus komisch waren. Diese vielleicht: Der erste richtig große Auftrag, den ich bei einer Kundin schrieb (über 5000 € insgesamt). Ich wollte ihn, voller Eifer des Anfängers, auf dem Parkplatz nachbearbeiten, weil noch Zeit war, bevor die nächste Buchhandlung nach der Mittagspause wieder öffnete. Eigentlich wollte ich nur einen doppelt erfassten Titel daraus löschen. Ich drückte also auf die vermeintlich zuständige Lösch-Taste – und der komplette Auftrag war weg! Alles gelöscht, alle wieviel hundert Positionen! Blut und Schwitzwasser füllten das Auto binnen Kürze – Panik hinter dem Lenkrad, Gedanken an Emigration und lebenslange Flucht. Was mache ich nur? Ich kann nicht zu der Kundin zurück und alles nochmal machen, die bringt mich um (es war eine von diesen besonders individuellen Kundinnen…). Anruf bei der zuständigen Auslieferung. Auslieferungen sind Dienstleister, etwa die VVA – Vereinigte Verlagsauslieferung – in Gütersloh, die die physische Lagerung der Bücher für viele Verlage und die technische Abwicklung der Lieferungen an den Buchhandel (vom Bestelleingang über die Rechnungsstellung bis zu Verpackung und Versand) übernehmen. Gerettet! Das elektronische Auftragserfassungsprogramm vergisst nichts. Jeder einmal eingegebene Auftrag kann wieder aus den digitalen Katakomben hervorgehoben werden. Heute weiß ich's – damals nicht. Bis das geklärt war, hatte ich die schlimmsten 20 Minuten meiner Vertreterzeit. Im Nachhinein kann ich darüber nur lachen.

Oder die vielen wunderbaren Momente mit Buchhändlerinnen und Buchhändler, wo im Gespräch plötzlich alles stimmte, eine bis dahin unbekannte Vertrautheit da war, wo beide auf der gleichen Wellenlänge surften und wirkliche, echte Freude im Verkaufsgespräch hatten.

Exkurs: Was ist ein „gutes" Buch?

Das kommt ganz darauf an, würde ich sagen. Nämlich von welcher Warte aus man „gut" oder „schlecht" betrachtet bzw. auf welcher Ebene man argumentiert. Und da gibt's einige mögliche.

Wenn wir mal die Definition für gutes Design heranziehen, könnte die Antwort sibyllinisch lauten: „Wenn es seinen Zweck erfüllt." So wird nämlich gutes Design definiert: „Ein Design ist dann gut, wenn das designte Objekt seinen Zweck erfüllt."

Welches ist der Zweck eines Buches?

Bücher sind nur dickere Briefe an Freunde, sagte Jean Paul (nicht Belmondo, auch nicht Gaultier – der deutsche Dichter Johann Paul Friedrich Richter). Ein Buch ist vor allem Kommunikation, es soll unterhalten, Wissen vermitteln, Freude bereiten, trösten, anregen, aufregen - da fallen Ihnen sicher noch tausend weitere „Zwecke" ein, die ein Buch erfüllen kann oder soll bzw. deren Erfüllung wir von diesem bestimmten Buch erwarten. Ein Zweck eines Buches kann übrigens auch die Enttäuschung sein, genauer, die Ent-Täuschung. Wenn ich nämlich ein Buch in einer bestimmten Erwartungshaltung lese und diese darin nicht bestätigt, sondern korrigiert oder gar widerlegt finde, reagiere ich als Leser wahrscheinlich ent-täuscht. Ich sollte dankbar sein, hat dieses Buch mich doch von der Täuschung befreit, dieses oder jenes sei so, wie ich es erwartet hatte und mir stattdessen erklärt, wie es sich wirklich verhält.

Buchhändlerinnen leben vom Verkauf der Bücher, Vertreterinnen auch. Aus dieser Sicht ist ein Buch dann gut, wenn es verkauft ist, besser ist, wenn es oft verkauft ist. Wenn wir die Leistungsdefinition einbeziehen (Leistung = Arbeit durch Zeit), dann wird ein Buch aus dieser merkantilen Sicht immer besser, je öfter es auf einer gegebenen Zeitachse verkauft wird. Sowas nennt man dann Bestseller.

Ein Buch ist erst einmal vor allem „gut", und kann es überhaupt erst dann sein, wenn es von irgendwem gelesen wird. Ein Buch, das niemand liest, ist letztlich nur ein Haufen mehr oder minder attraktiv verpackten Papiers, der jungfräulich vor sich hin gilbt.

Diese Verpackung ist für Manche (allen voran Büchersammler) schon Gütesiegel genug. Feine Papiere, Pergament womöglich, eingebunden in Ganz- oder Halbfranzbände, leinen- oder lederbezogene Holzdeckel gar, gepunzt, geprägt, vergoldet. Farb- oder Goldschnitte, feinste seidene Kaptal- und Lesebändchen – und alt und/oder selten sollten sie sein, vielleicht Erstausgaben. Was drin steht, ist zunächst mal sekundär. Buchconnaisseure lieben gut „gebaute" Bücher. Ein schönes Buch hat eine schöne Gestalt, ein handliches Format, eine angenehme Haptik (liegt gut in der Hand, fühlt sich gut an), ein schönes Papier, schlägt sich gut auf und bleibt auch aufgeschlagen liegen (wenn denn Druckerei und Binderei die Laufrichtung des Papiers gebührend beachtet haben), hat eine gut lesbare, optimalerweise zum Inhalt passende Drucktype. Kurz: ein hinsichtlich der verwendeten Materialien und Herstellungstechniken solide, handwerklich anspruchsvoll und ästhetisch überzeugend gemachtes Buch ist ein „gutes" Buch. Sicher nicht (zumindest auf dieser Ebene) mehr oder minder lieblos zusammengelumbeckte Massenware, die nach dem ersten Lesen in die Einzelteile zerfällt, mit kitschig-schreierischen Covern, schlecht lektoriert, voller Satz-, Druck- und Grammatikfehler (gibt's sehr wohl, häuft sich in den letzten Jahren; Lektorat und Redaktion kosten halt Zeit und Geld – daher wird daran gerne mal gespart).

Damit sind wir schon bei der wohl elementaren Argumentationsebene: dem Inhalt. Zitieren wir Fontane (etwas abgedroschen, passt aber gut): „Das ist ein weites Feld, Luise…" Gerade hier ist Begriff „gut" immer ein sehr relativer, der ohne seinen Antagonisten „schlecht" überhaupt nicht beschreibbar ist (und vice versa). Und die Konturen der „Güte" sind sehr variabel, die Grenzen fließend.

Wat den eenen sien Uhl, is den annern sien Nachtigall – sagt eine norddeutsche Redewendung. Da gibt es Leserinnen, die schwören auf Gerhart

Hauptmann oder Thomas Mann, andere stehen auf Hermann Hesse oder Günther Grass, wieder andere bevorzugen Peter Handke oder Herta Müller (allesamt immerhin Nobelpreis gekrönt). Sehr erhellend zur Annäherung an das, was inhaltliche „Güte" sein könnte, sind die Begründungen des Nobelpreis-Komitees für die Verleihung des Preises, wobei es dabei sehr häufig aber gar nicht so sehr um den Inhalt, sondern mehr um die Wirkung (siehe unten) eines Buches bzw. Werkes geht.

Sie alle haben alle „gute" Bücher geschrieben – sicher. Aber sind alle ihre Werke automatisch gut, nur weil sie aus nobilitierter Feder stammen? Standpunktfrage. Auch Heroen hatten schwache Stunden…

Aber es müssen nicht immer die Heroen sein. Es gibt so viele Autoren, die nicht preisgekrönt sind und doch „gute" Bücher geschrieben haben. Orchideen im großen Garten der Literatur, die zu entdecken immer die größte Freude ist (nicht nur für Buchhändlerinnen). So gesehen sind wir Buchhändlerinnen als Gärtnerin in diesem Garten geradezu beauftragt, solche Blüten in den zahlreichen Ecken, auch den schattigeren, des Gartens zu entdecken, zu hegen und pflegen und den anderen Besuchern dieses Gartens zu zeigen. Wo wir schon im Garten sind: Vielfalt zeichnet einen guten, schönen Garten aus. Unterschiedlichste Blühpflanzen, Stauden, Gehölze, Bodendecker. Nicht alle mögen alle Pflanzen, manche nennen diese „Unkraut", jene hegen und pflegen sie. Bei anderen ist es andersherum. Eine Buchhandlung ist wie ein Garten. Darin finden sich die unterschiedlichsten Bücher zu unterschiedlichsten Themen. Und wenn Sie öfters einen Buchladen besuchen, dann werden Sie schnell die Handschrift der Gärtnerin erkennen, die natürlich die „Pflänzchen" besonders hegt, die ihr am Herzen liegen – und natürlich versucht, Sie mit deren Schönheit vertraut zu machen. Jede Buchhandlung hat ihren eigenen Stil, der wesentlich von den Menschen geprägt wird, die darin arbeiten bzw. das Sagen haben. Vielfalt. Und das ist auch gut so! Nur so können wir Neues entdecken.

Wer wissen will, was ein stilistisch „gutes" Buch ausmacht, und gleichzeitig einen soliden Überblick über „gute" Literatur gewinnen möchte, dem sei die Lektüre des gerade erschienen Monumentalwerkes von Michael Maar: Die Schlange im Wolfspelz empfohlen. Auf 656 Seiten lüftet er die Geheimnisse großer Literatur – kleiner Spoiler: Nicht alle „Großen" kommen durchweg gut dabei weg. Da wird natürlich auf literarisch-ästhetischer bzw. inhaltlicher Ebene argumentiert und durchaus auch einiges zurechtgerückt.

Wenn es denn gelesen wird, dann sollte ein „gutes" Buch etwas bewirken – wieder eine andere Ebene. Unterhalten auf jeden Fall („Jede Art zu Schreiben ist erlaubt, nur nicht die Langweilige", wusste schon Voltaire), bilden, erhellen, aufklären, anregen, aufregen, zu einem „besseren" Menschen machen – schon wieder so ein standpunkt- bzw. ideolgieabhängiger Begriff. So gesehen ist ein Buch dann „gut", wenn es etwas bewirkt, wenn es die Menschen, die Gesellschaft, das Leben, die Welt beeinflusst – im besten Falle positiv. Hier betreten wir aber ein nun wirklich sehr gefährliches Minenfeld.

Die Wirkung eines Buches sollte für die Leserin eine letztlich positive sein, sprich sie wie auch immer voranbringen (auch wenn sie sie vielleicht kurzeitig aufwühlt, wütend macht, was auch immer, sie aber letztlich zu positivem Handeln inspiriert – dann ist das Buch „gut" für sie). Ein Simmel-Roman (kennt den noch jemand?), ein Nele Neuhaus- oder ein Charlotte Link-Krimi kann für eine Leserin besser sein (weil er sie eben berührt...) als ein Thomas Mann-Titel, der vielleicht literarisch „besser" ist, den diese Leserin aber, ob seiner manieristischen Elaboriertheit, vielleicht weder versteht noch spannend oder anregend findet, sondern nur öde. Oft findet man in einem Buch aber auch nur 1-2 Sätze, die hängen bleiben, die vielleicht in einem komplett anderen Zusammenhang „gefehlt" haben und durch die Lektüre Initialzündungen auslösen. Wie häufig schon habe ich Bücher gelesen, die ich nur mäßig ansprechend fand, um plötzlich elektrisiert auf einen Satz/Abschnitt/Gedanken zu stoßen, der total in meine aktuelle Befindlichkeit passte, der Zusammenhänge klar werden ließ und mich angespornt hat zu irgendeiner Handlung oder Entscheidung. Ein wirklich gutes Buch – auch wenn ich gar nicht mehr weiß, wie der Titel dieses Buches war...

Vergessen wir die zeitliche Ebene nicht. Viele zu ihrer Zeit für „gut" befundene Bücher, vielgelesene Bücher, Bestseller ihrer Zeit, kennt heute jenseits von eingefleischten Fans oder Kennern kaum noch jemand. Bücher haben ihre Zeit, im besten Falle erklären sie ihre Zeit, analysieren Zustände, hinterfragen Entwicklungen, deuten Zeichen, entwerfen mögliche Welten, Utopien (heute vor allem im Jugendbuch leider eher Dystopien). Wenn diese Zeiten vorbei sind, verschwinden diese Bücher in der Versenkung oder werden günstigstenfalls zur Schullektüre. Viele sind aber heute kaum mehr lesbar, weil Themen und Sprache schlicht aus der Zeit gefallen sind. Das heißt aber nicht, dass ein solches Buch kein „gutes" sein kann. Tatsächlich gibt es nur eine eher überschaubare Zahl an „guten" Büchern, die völlig zeitunabhängig sind und heute, wie ehedem gerne gelesen werden und, so alt sie auch sein mögen, uns auch heute noch etwas zu sagen haben. Solche Bücher heißen im Fachjargon Klassiker oder moderne Klassiker.

Wie aus all dem oben Geschriebenen nur zu deutlich wird: Das gute Buch gibt es nicht, kann es gar nicht geben. Dazu spielen für jede Leserin zu viele verschiedene Faktoren eine Rolle, die individuell empfundene Güte konfigurieren. Aber zum Glück haben wir ja die Kritiker, die Bildungselite, die Belesenen, die uns da helfen. Die sagen uns schon, was wir „objektiv" für gut zu befinden haben...

Oder wir bilden uns einfach selbst eine eigene Meinung und sagen: Dieses Buch finde ich gut, weil … (ist gut wäre schon vermessen) „Das" gute Buch in einem absoluten Sinne gibt es also m.E. nicht oder anders gesagt „jedes" Buch kann gut sein, wenn es zur richtigen Zeit in die richtigen Hände gerät und das Richtige bewirkt.

Harald Jösten

BON Verlagsvertretung

Ewald Arenz

Nachts in den Bibliotheken

Was geschieht nachts in den Bibliotheken? Was geschieht in den Räumen der Colombina, in den sagenumwobenen Gängen der vatikanischen Bücherei, der J.F. Lincoln Library in Ohio? Was geschah damals, in Alexandria, bevor Cäsar kam und die Bücher verbrennen ließ, wenn sich die Dämmerung zwischen die Säulen senkte? Was wird in den bahnhofsgroßen Lesesälen der Librairie Ste Geneviève noch in hundert Jahren geschehen, wenn die Nacht kommt? – Das geschieht, geschah immer und wird immer geschehen: Wenn die letzten Besucher gegangen sind, werden die Gänge dunkel und still und man beginnt, ein entferntes, so weit entferntes Rauschen zu hören, das überall ist und immer gleich klingt; ein Rauschen, das vom Staub kommt, der sich endlich legen kann. Niemand bewegt mehr die Luft zwischen den Gängen und es wird kühler. Und wenn dieses Rauschen aufgehört hat und verklungen ist und die Luft still ist wie unbewegtes Wasser, dann kehrt eine große Stille ein. Sie steigt wie die Flut in der See aus dem Boden, leckt an den Stuhlbeinen, steigt sachte an den Wänden hoch und füllt Raum um Raum. Und erst dann, wenn jeder Foliant, jedes Heft und jeder Band umhüllt ist von Stille, erst dann erheben sich die Bücher wie in einem Orkan von Blättern, Schwarm um Schwarm, von den Regalen und beginnen zu fliegen. Sie fliegen auf wie Vögel im Herbst, in Pfeilformation und im losen Dreieck, in langgezogenen Linien wie Gänse und in Haufen wie Stare und sie üben in den Hallen und den Gängen und den Sälen für den großen Flug. Denn alle

Bücher werden, wenn irgendwann ihr Herbst kommt, dorthin ziehen, woher sie kamen. Deswegen halten Bibliothekare die Fenster geschlossen, immer geschlossen, und deshalb findet man am nächsten Tag manchmal das Lieblingsbuch nicht an dem Platz, an dem man es tags zuvor sorgsam ins Regal gestellt hat und deshalb sieht es manchmal ... ein wenig atemlos aus.

Ewald Arenz, geboren 1965 in Nürnberg. Er studierte Anglistik, Amerikanistik und Geschichte und arbeitet als Lehrer, Radiomoderator und Schriftsteller.

Für seine Romane und Kurzgeschichtensammlung erhielt er mehrere Auszeichnungen.

Zuletzt erreichte sein Roman „Alte Sorten" die Bestsellerliste.

Ewald Arenz lebt mit seiner Familie bei Fürth.

Torben Kuhlmann

Es ist immer schwer, in wenigen pointierten Sätzen
seine Leidenschaft zu beschreiben. Und wie geht man
an eine solche Aufgabe heran? Als die Anfrage kam,
mich mit ein paar Zeilen an den „Gebunden Worten"
zu beteiligen, flogen mir gleich zahlreiche Ideen im
Kopf umher, was man alles Witziges, Originelles und
Informatives schreiben könnte. Sobald aber das leere
Papier vor einem liegt... Letztendlich habe ich mir
ein paar der zugesendeten Fragen herausgepickt, um
so ein wenig Licht auf meinen Arbeitsprozess zu
werfen und meine Leidenschaft für das Erzählen
vorzustellen.

**Wie sind Sie zum Zeichnen gekommen? / Wann
haben Sie angefangen zu zeichnen?**

Das Zeichnen hat mich schon mein ganzes Leben
lang begleitet. Im Kindergarten – und auch schon
davor – entdeckte ich mit dem Zeichenstift die Welt
um mich herum. Was immer mich interessiert hat,
wanderte in mein Zeichenheft: Autos,
Ölförderpumpen, Eisenbahnen, Brücken... Und
schon früh kam der Anspruch hinzu, die Dinge auch
korrekt darzustellen und mit einer zumindest
rudimentären Perspektive zu versehen. Es folgten
dann bald erste Technik-Experimente, zunächst mit
Aquarellfarben und später – als Teenager – mit Öl auf
Leinwand. Spätestens da war klar, dass mich das
Malen und Zeichnen auch im späteren Berufsleben in
irgendeiner Form begleiten würde. Und wie sich
später herausstellte, sollte auch das Geschichten-
Erzählen eine wichtige Rolle spielen.

Wie sind Sie zum Lesen gekommen?

Etwas zögerlich. Ich tat mich schwer mit dem Lesen-Lernen in der Grundschule. Am liebsten war ich den ganzen Tag mit meinem Fahrrad unterwegs und habe Abenteuer erlebt. Die übrige Zeit habe ich gemalt, gezeichnet oder im Garten aus zusammengesammelten Schrott Maschinen gebastelt. Der Sinn des Lesen-Könnens hat sich mir erst nach und nach erschlossen. Und die Begeisterung für das Lesen kam mit den ersten Romanen, die dann erstmals das Kopfkino befeuerten. Da entdeckte ich, dass sich auch zwischen den Seiten eines Buches fantastische Abenteuer verstecken können.

Mit welcher Figur aus einem Buch würden Sie sich gerne mal unterhalten?

Da habe ich ja Glück, dass ein paar sehr prominente Persönlichkeiten schon Gastauftritte in meinen Geschichten hatten. Am meisten würde mich ein Gespräch mit Albert Einstein reizen – auch wenn man sich dabei bestimmt etwas dumm vorkommen würde. Die Mäuse hätten aber sicherlich auch einiges zu erzählen.

Wie sieht ein typischer Arbeitstag für Sie aus?

Ein Tag im Atelier kann recht lang werden. Daher versuche ich – wann immer es geht – den Tag mit einer ausgiebigen Fahrradrunde zu beginnen, am besten an Alster und Elbe. Das räumt die Gedanken auf und hilft bei der Ideenfindung. Die meisten Stunden des Tages sitze ich anschließend an einem meiner Schreibtische – entweder vor Tastatur und

Monitorwand oder gebeugt über den Zeichentisch. Acht bis zwölf Stunden kann das dauern. Beschallt werde ich dabei von Musik, Podcasts oder Hörbüchern.

Was mögen Sie am liebsten an ihrem Beruf?

Die Flexibilität und Abwechslung. Jedes Projekt und jede Idee bringt etwas Neues mit sich. Und ich kann mir meine Zeit frei einteilen. Am allerbesten gefallen mir aber die sich mit etwas Glück einstellenden Momente, in denen man komplett „im flow" ist, die Zeit vergisst und nur noch schreibt, malt oder zeichnet.

Was gefällt Ihnen am wenigsten an ihrem Beruf?

Denkblockaden und Ideenlosigkeit. Ganz besonders frustrierend sind die Momente, in denen eine Zeichnung einfach nicht gelingen will, die Striche einfach nicht sitzen. Statt „flow" gibt es Stau.

Wie viele Skizzenbücher (volle und leere) haben Sie bei sich liegen?

Bestimmt über ein paar Dutzend! Alleine zu jedem meiner Bilderbücher gibt es ein je designiertes Skizzenbuch. Ein oder zwei leere Skizzenbücher liegen – vorsichtshalber – auch immer parat. Es könnte ja spontan die nächste Buchidee anklopfen.

Wie überwinden Sie eine Blockade?

Zum Überwinden einer Blockade gibt es kein Pauschalrezept. Wider besseren Wissens sitze ich oft viel zu lange vor dem leeren Papier und halte lange innere Monologe. Das ist selten zielführend. Ich weiß, dass ich mich in diesen Momenten losreißen sollte, mich mit etwas völlig Anderem beschäftigen oder am besten sogar das Atelier verlassen muss. Es kann auch helfen, die Hürden herabzusetzen und nicht gleich mit dem Anspruch, das perfekte Bild zu kreieren, auf dem oft so unheimlich weißen Papier die ersten Striche zu machen. Stattdessen kann man eine zweite Skizzen-Phase einläuten und ohne Schaffensdruck experimentieren. Wenn dabei die Inspiration wiederkehrt, fällt auch die Arbeit am eigentlichen Bild wieder leichter.

Wie Zeichnen Sie am liebsten? (PC, Stift und Papier, etc.)

Am liebsten mit Bleistift, Fineliner und Aquarellfarben.

Was ist ein absoluter Störfaktor für Sie und hält Sie vom Zeichnen ab?

Alles, was die Freiberuflichkeit noch mit sich bringt und sich nicht selten als Zeitfresser entpuppt: Buchhaltung, Steuer, Organisatorisches…

Haben Sie je etwas gezeichnet, es angeguckt und gedacht: "Der Arme, mit dem Gesicht wird das aber nichts"?

Ja, das kommt vor. Es ist vielleicht nicht unbedingt das Gesicht, an dem ich mich störe, aber manchmal schleichen sich doch kleine Fehler ins Bild. Beim Ausarbeiten fallen sie vielleicht noch gar nicht auf, aber später leuchten sie geradezu und überstrahlen alles drumherum. Es gibt das eine oder andere Bild in meinem „Giftschrank"; Illustrationen, die ich eigentlich fertig ausgearbeitet hatte, aber an denen mich im Nachhinein etwas zu stören begann. Da fiel dann der entscheidende, innere Kommentar: „… mit dem (verpfuschten Murks) wird das aber nichts"

Torben Kuhlmann, geboren 1982, ist Bilderbuchautor und Illustrator.

Er studierte Illustration und Kommunikationsdesign mit Schwerpunkt Buchillustration an der HAW Hamburg.

Sein erstes Bilderbuch „Lindbergh – Die abenteuerliche Geschichte einer fliegenden Maus" erschien 2014 und wurde in über 30 Sprachen übersetzt.

Seitdem erschienen noch weitere Bilderbücher über abenteuerliche Mäuse.

Maike Knorr

Die Expedition

Mein hochgeschätzter William,

ich möchte dir hier von diesem ausnehmend sonderbaren Fall berichten, auf den weder ich noch meine Kollegen am Institut sich einen Reim machen können. Der tragische Verlust der Professoren Dawson, Strauss und Henry, von dem du mit Sicherheit in den Zeitungen gelesen hast, ist immer noch ein schwerer Schock für uns alle und überschattet und erschwert unsere Aufklärungsbemühungen enorm. Ein irrationaler Teil von mir will die Hoffnung nicht aufgeben, dass sie vielleicht immer noch am Leben sind und eines Tages von ihren Erlebnissen berichten können.

Wie du dich vermutlich aus meinen letzten Briefen entsinnst, wurden uns endlich die Mittel für die Expedition in den brasilianischen Dschungel bewilligt, um die dort lebenden Ureinwohner zu erforschen. Zu verdanken hatten wir dies dem Kollegen Dawson, der sehr gute Kontakte zum Senat pflegte und dort einige sehr einflussreiche Personen dazu überreden konnte, in unser Vorhaben zu investieren. Nachdem die Finanzen für dieses Projekt geklärt waren, stellte Dawson ein Team aus den besten und vielversprechendsten Forschern zusammen, die zum Schutz von einer zehnköpfigen Gruppe Soldaten begleitet wurde.

Planmäßig war die Expedition für drei Monate angesetzt, in denen umfangreiche Informationen zu den dort lebenden Menschen und ihren Gepflogenheiten gesammelt werden sollten. Die ersten paar Wochen schienen erfolgreich zu verlaufen und der Kontakt zu den Bewohnern wurde hergestellt. Dawson beschrieb sie in seinem später gefundenen Tagebuch als ‚einfältige, aber dennoch lebensfrohe Geschöpfe'. Laut seinen Aufzeichnungen schien der Stamm zunächst friedlich zu sein und sie wohlwollend aufzunehmen. Es gelang ihm durch simple Gesten und Laute, eine grundlegende Kommunikation aufzubauen und er lernte einiges über ihre Lebensweisen und Gebräuche; so lebten sie in einfachen kleinen Hütten, die sie aus Baumwurzeln und biegsamen Ästen selber erbaut hatten. Einen halben Tagesmarsch entfernt befand sich ein Fluss, aus dem sie ihr Wasser bezogen. Ihre Nahrung bestand hauptsächlich aus Fleisch und Fisch, aber auch aus Früchten, die sie selber anbauten. Bekleidung schien es bei ihnen nicht zu geben. Zwar sammelten sie Tierfelle, die sie den Kindern, Alten und Kranken gaben, die Erwachsenen blieben jedoch nackt; so etwas wie Scham schien ihnen unbekannt.

Dawson war außerordentlich fasziniert von ihrer Hierarchie. Der stärkste Krieger konnte sich seine Frau aussuchen und führte zusammen mit ihr den Stamm an. Um auszumachen, wer der Stärkste war, trugen sie rituell zelebrierte Kämpfe aus, die festen Abläufen folgten und eher wie das Toben von Halbstarken aussah, als ernstzunehmendes Kämpfen. Am sonderbarsten erschien Dawson eine riesige Statue in der Mitte des Dorfes, die von den

Bewohnern wie eine Gottheit verehrt wurde. Dieses Gebilde war aus einem einzigen massiven Granitfelsen gebildet, schien jedoch nicht von menschlicher Hand geformt zu sein. Sie zeigte eine Kreatur, die aus drei Tieren zusammengefügt war: Der vordere Teil entsprach dem eines Löwen, der mittlere dem einer Ziege und der hintere einer Schlange. Du wirst in dieser Beschreibung erkennen, dass es sich um das Ebenbild einer Chimaira handelt, wie sie in der griechischen Mythologie vorhanden ist. Wie ein Abbild dieser Kreatur in den brasilianischen Dschungel geraten konnte, ist unklar. Auch welche Rolle diese Chimaira im Verschwinden von Dawson und den Anderen hat, ist nicht klar ersichtlich. Bevor du den Kopf schüttelst, ob solch einer Annahme - nämlich dass eine Statue eine vermeintliche Komponente im Tode der Kollegen gespielt hat - bitte ich dich inständig weiter zu lesen und die Möglichkeit in Betracht zu ziehen. Du kennst mich nun lange genug, um zu wissen, dass ich kein Mann der Superstition bin und keinerlei Hang zum Mystischen oder Übernatürlichen hege. Doch nach den Geschehnissen der letzten Wochen bin ich einfach nicht mehr in der Lage, mich von der Möglichkeit der Existenz solcher Dinge zu distanzieren.

Nach der sechsten Woche fand man einen der Soldaten, die die Expedition begleitet hatten. Der Mann war schwer verletzt und kaum noch bei Sinnen, denn das Einzige, das er immer und immer wieder wie im Fieberwahn von sich gab, war unzusammenhängendes Gerede von einer furchtbaren Kreatur, die sie alle holen würde.

Die lokalen Ärzte behandelten den Mann so gut es ging, doch er erlag seinen Verletzungen nach zwei Tagen, ohne ein sinnvolles Wort von sich gegeben zu haben. Es wurde eine Suchmannschaft zusammengestellt, die nach dem Verbleib der restlichen Expedition forschte, jedoch ohne Erfolg. Man fand lediglich das halb zerstörte, blutgetränkte Tagebuch von Dawson in einem hohlen Baumstamm, an dessen Außenseite tiefe Furchen waren, als hätte ein großes Tier dort mit seiner Pranke entlang geschlagen. In diesen Vertiefungen fand man Blut und etwas, das aussah wie Haut- und Haarfetzen. Glücklicherweise war das Tagebuch im Inneren des Baumes vor den schlimmsten Witterungsverhältnissen geschützt, so dass wir vermuten, dass Dawson es dort mit letzter Kraft platziert hat, in der Hoffnung, dass es entdeckt würde. Und wenn ich sage, dass dies das Einzige war, was man fand, dann meine ich das in seinem engsten, wahrsten Sinne. Weder von dem Expeditionsteam, noch von dem Dorf ließ sich der geringste Hinweis finden. Die genauen Koordinaten hatte Kollege Dawson in seinem Buch festgehalten, doch als wir diesen folgten, fanden wir nichts vor. Es gab keine Spur, dass dort jemals etwas existiert hätte. Keine Hütten, keine Bewohner, keine Statue. Bevor du zu Recht einwirfst, dass er die Koordinaten falsch eingetragen haben muss, so lass dir gesagt sein, dass dem nicht so ist. Alle Beschreibungen von besonderen Landschaftsmerkmalen stimmen mit dieser Stelle überein. Angefangen bei markanten Bäumen, bis hin zu der Entfernung des Flusses, an dem die Bewohner ihr Wasser holten.

Anbei möchte ich dir die Transkription der letzten paar Einträge aus Dawsons Tagebuch schicken, in denen er beschreibt, was geschehen ist. Die originalen Seiten sind blutdurchtränkt und halb zerrissen, dennoch war es uns möglich, den Großteil des Textes zu rekonstruieren. Der letzte Eintrag ist in sehr krakeliger, schwer lesbarer, braun-roter Tinte geschrieben, bei der es sich, wie sich herausgestellt hat, um Blut handelt. Diese Einträge sind der einzige Anhaltspunkt, den wir zu den Geschehnissen haben. Je häufiger ich sie lese, desto mehr macht sich ein ungutes Gefühl in mir breit. Ich bin mir sicher, dass, was auch immer dort passiert ist, all unsere rationalen Vorstellungskräfte bei Weitem übersteigt. Aber mache dir dein eigenes Bild. Vielleicht bist du ja dazu imstande, zu einer anderen Schlussfolgerung als ich zu gelangen und unsere Lage zu erhellen.

Hochachtungsvoll, dein dir treu ergebener Freund,

F.

Tag 40

Nachdem bisher alles so friedlich vonstatten gegangen ist, gab es heute die erste aggressive Auseinandersetzung zwischen den Dörflern und uns. Ich ärgere mich sehr darüber, nicht anwesend gewesen zu sein, denn ich hätte die Situation entschärfen können. Zu dem Zeitpunkt jedoch war ich mit einer kleinen Gruppe Eingeborener auf dem Weg zum Fluss, um die Wasservorräte zu erneuern. Ich hätte mehr auf die Soldaten achten müssen. So gut sie auch ausgebildet sind, am Ende des Tages sind sie Männer niederen Standes, die sich von der schamlosen Nacktheit der Frauen angezogen fühlen. Einer der Soldaten, Briggs mit Namen, hat eine der Frauen gepackt und mit sich gezogen, so berichteten mir meine Kollegen. Er hatte einen unbeobachteten Moment abgepasst und die Frau ins Gebüsch gezerrt. Erst ihre Schreie machten die Anderen auf die Situation aufmerksam. Dieser dämliche Tölpel musste sich auch ausgerechnet die Frau des Anführers aussuchen! Es kam zum Kampf zwischen den beiden Männern, den Briggs mit dem Leben bezahlte. Seine Kameraden versuchten ihm zu helfen, wurden jedoch von den Dorfbewohnern mit kleinen Pfeilen beschossen, die anscheinend eine Art lähmendes Gift enthielten, denn als ich Stunden später wieder im Dort ankam, waren sie alle gefesselt und bewacht von den Kriegern. Meine Kollegen hatten bereits versucht, sie mit den uns begrenzten Sprachmitteln zu beschwichtigen, schließlich war Briggs tot und damit die Schuld gesühnt. Selbst mit meiner Hilfe entspannte sich die Situation nur unwesentlich und nach meinem Empfinden besitze ich eine gewisse Art des Ansehens unter den Bewohnern, weil ich versuche mich ihren Gepflogenheiten anzupassen. Ich schreibe dies hier spät in der Nacht im Schein einer Kerze in meiner kleinen Hütte, die die Bewohner mir so großzügig überlassen haben, und blicke auf den Kreis der Krieger, die immer noch die gefesselten Soldaten bewachen. Allem Anschein nach hat das Gift seine Wirkung verloren, denn die Männer haben ihre Fähigkeit zur Sprache und eingeschränkt auch ihre Mobilität wiedererlangt. Der Anführer des Stammes ist uns gegenüber nun sehr skeptisch und lässt uns auf Schritt und Tritt beobachten. Es wird sehr lange dauern, das vorherige Vertrauen wieder aufzubauen. Ich hoffe, dass morgen früh die Lage wieder besser aussieht.

Tag 41

Die Lage ist angespannter als gestern Abend. Die Soldaten sind sehr missmutig über ihre Gefangenschaft, obwohl ich ihnen eingeschärft habe, auszuharren und abzuwarten. Denn je mehr sie den Zorn der Bewohner auf sich ziehen, desto geringere Chancen hat unsere Expedition, erfolgreich zu sein. In der Nacht ist es einem der Männer gelungen, sich von seinen Fesseln zu befreien. Er hat eine der Wachen angegriffen und diese schwer verletzt, es ist unklar, ob er überleben wird. Die Situation spitzt sich immer weiter zu. Mir blieb nichts anderes übrig als zu zusehen, wie sie den Soldaten in den Wald zerrten und dort den wilden Bestien zum Fraß vorwarfen. Seine Schreie hallen immer noch in meinem Kopf nach. Wenn noch soetwas passiert, werde ich die Mission abbrechen müssen. Zwar bin ich bereit, gewisse Opfer einzugehen, um unsere Beobachtungen und Forschungen fortsetzen zu können, doch meine Kollegen sind da anderer Meinung. Die Kollegen Strauss und Henry kamen heute zu mir und rieten mir dringendst dazu, wieder heimzukehren. Sie waren sehr mitgenommen von den beiden Todesfällen und erklärten mir, dass der Rest des Teams sich unwohl dabei fühlte, weiter vor Ort zu bleiben und es in ihren Augen nicht wert sei, weitere Menschenleben zu riskieren. Ich stimmte ihnen zu, um sie zu beruhigen, erwiderte allerdings, dass ich eine so lang geplante, so wichtige Expedition nicht einfach so abbrechen könne und dass ich mit den übrigen   Soldaten sprechen würde, in dem Ansinnen sie dazu zu bewegen, keine weiteren Dummheiten zu begehen und stumpf weiter auszuharren, bis wir das Vertrauen des Anführers wieder   zurückgewonnen   hätten. Strauss und Henry schienen nicht ganz überzeugt, gingen allerdings ohne weitere Widerworte.

Im Moment bleibt uns nur zu hoffen übrig, dass der Krieger überlebt, denn sonst haben wir ein wirkliches Problem.

Tag 42

Die Nacht ist ruhig verlaufen. Bisher scheint der Krieger noch am Leben zu sein, was ein gutes Zeichen für uns ist. Wenn ich es richtig verstanden habe, wollen die Frauen dieser grässlichen Statue, die sie so verehren, ein Opfer darbringen, um für das Genesen des Verletzten zu beten. Ich kann nicht anders, als zuzugeben, dass diese Statue mich nervös macht. Nicht nur, dass ich immer noch nicht herausgefunden habe, wie sie hierhergekommen oder von wem sie erschaffen worden ist, sie löst ein entsetzliches Kribbeln in meinem Nacken aus, jedes Mal, wenn ich zu nah an sie heran trete. Mit ihrer gewaltigen Größe von über drei Mannes-Längen und der extrem lebensgetreuen Nachbildung der in ihr verschmolzenen Tiere erzeugt sie ein massives Unwohlsein, das auch vom Rest der Forschungstruppe geteilt wird. Ich würde gerne vermeiden, an dieser Statue vorbei zu gehen, doch sie bildet den Mittelpunkt des Dorfes. Alles ist nach diesem Götzen ausgerichtet, selbst die Vegetation scheint um ihn herum gewachsen zu sein.

Ich muss Schluss machen für jetzt, draußen hat die Prozession für die Opferdarbietung begonnen und ich möchte sie gerne beobachten.

Tag 42 Fortsetzung

Ich bin erschüttert. Mir fehlen die Worte für das, was ich soeben gesehen habe…Ich muss mich erst einmal sammeln und dann geordnet niederschreiben, was sich abgespielt hat…

Jetzt, etwa eine Viertelstunde später, nachdem ich eine Flasche Branntwein geöffnet und einen guten Teil davon getrunken habe, fühle ich mich in der Lage aufzuschreiben, was geschehen ist.

Dieser Stamm ist blutiger in seinen Bräuchen, als ich es für möglich gehalten hätte. Ich habe geglaubt, dass das Opfer, welches die Frauen zu bringen gedachten, sich auf Kleinvieh oder Obst oder ähnliches beschränken würde. So etwas ist in den vergangenen Wochen schonmehrfach vorgekommen, wenn sie beispielsweise für eine gute Jagd, gute Wetterverhältnisse oder die Geburt eines Jungen bei einer der schwangeren Frauen gebetet haben. Nicht so dieses Mal. Anscheinend hegen die Eingeborenen den Glauben, dass, um ein Leben zu retten, ein anderes, gleichwertiges gegeben werden muss. Auf der einen Seite steht das Leben eines Kriegers, der im Rang nur vom Stammesführer übertroffen wird. Um dies aufzuwiegen, müssen auf der anderen Seite mindestens sechs Leben stehen, da es nicht in Frage kommt, einen anderen Krieger zu opfern. Es scheint eine große Ehre zu sein, ausgewählt zu werden.

Alle Bewohner versammelten sich auf dem großen Platz in der Mitte des Dorfes um die Statue. Rhythmische Trommeln und atonaler Gesang begleiteten die Versammlung, während der Schamane seltsam riechende Kräuter verbrannte, von denen ich mir zu diesem Zeitpunkt sicher bin, dass sie einen halluzinogenen Effekt besitzen, denn anders kann ich mir nicht erklären, was ich gesehen habe. Nacheinander wählte der Schamane daraufhin sechs Personen aus, drei Frauen, einen jungen Mann und zwei kränkliche Knaben. Sie alle strahlten und begannen einen wilden ekstatischen Tanz, der sich zum treibenden Wummern der Trommeln immer weiter steigerte und steigerte. Die umstehenden Bewohner begannen ihrerseits nun ebenfalls zu tanzen, im Kontrapunkt zu den Auserwählten, wie mir schien. Zu diesem Zeitpunkt entdeckte ich Strauss und Henry mir gegenüber in der Menge, die so fasziniert wie ich das Geschehen beobachteten. Ich musste feststellen, dass ich unwillkürlich begann, die fremden Bewegungen der Menge zu übernehmen. Das Klopfen der Trommeln schien eins mit dem Klopfen meines Herzens geworden zu sein. Der Schamane stimmte einen gutturalen Gesang an, in dem er, wie ich vermutete, ihre Gottheit darum bat, die Leben der sechs für das Leben des Kriegers zu akzeptieren. Die Bewohner nahmen seinen Gesang auf, während der Rhythmus immer schneller und schneller wurde und ich glaubte, mir müsse das Herz bald aus der Brust springen. Der Gesang steigerte sich ebenfalls immer mehr und mehr, wurde lauter und lauter, schriller und schriller, bis plötzlich abrupt alles auf einmal abbrach und die Auserwählten mitten in der Bewegung verharrten. Schneller als ich es für möglich gehalten hatte, schnitt der Schamane jedem von ihnen mit einer kurzen, ruckartigen Bewegung die Kehle durch und sang einige fremde Worte. Was dann geschah, erschüttert mich noch jetzt und der bloße Gedanke daran lähmt sowohl meinen Geist als auch meinen Körper. Ich möchte es gerne als Einbildung abtun, doch ist es zu absonderlich, zu nah in meinem Kopf, zu sehr in meinen Körper eingedrungen, als dass ich mich dagegen wehren könnte.

Nachdem die sechs Auserwählten sterbend zu Boden gesunken waren und mit leeren Augen hinauf zu der Bestie blickten, begannen die Trommeln wieder leise, aber stetig zu erklingen. Abgesehen davon war es nun komplett still, niemand regte sich, niemand sagte ein Wort, kein Wind wehte, kein Blatt raschelte. Gebannt starrten alle auf die Statue, so als warteten sie auf etwas. Es dauerte lange. Jedenfalls kam es mir so vor. Mein Herzschlag hatte sich wieder normalisiert und ich hatte das Gefühl, langsam wieder bei Sinnen zu sein. Ich wartete weiter, gespannt darauf, was als nächstes passieren würde. Selten in meinem Leben habe ich etwas so bitter bereut wie diese Entscheidung. Rückblickend hätte ich dann und dort gehen sollen, in dem Wissen, dass das Ritual beendet ist und das Leben im Dorf nun seinen weiteren Lauf nehmen würde.

Ich schwöre bei Gott und allem, was mir heilig ist, vor meinen Augen bewegte sich die Statue. Erst unmerklich, dann immer mehr. Langsam zuckte der Schlangenteil der Kreatur hin und her, bewegte sich mal hierhin, mal dorthin, als müsse er erst heraus finden, in welche Richtung er sich zu wenden hatte. Der mittlere Teil, der einer Ziege mitsamt

Kopf glich, erwachte zum Leben und drehte sein gehörntes Haupt in Richtung der Toten. Dann zuckte das Haupt des Löwen und ein tiefes Grollen erklang aus seiner Kehle. Ich wollte schreien, brachte jedoch keinen Laut über die Lippen, mein ganzer Körper war gelähmt und gehorchte mir nicht mehr. Unverwandt musste ich auf diese Kreatur starren, die nun majestätisch einen Schritt nach vorn trat, deren Blicke zwischen den Bewohnern umherwanderten und schließlich die Leichen erfassten. Der Löwe stieß ein ohrenbetäubendes Brüllen aus, das mir die Knie weichwerden ließ und dazu führte, dass meine Blase sich ungewollt entleerte. Gierig stürzte er sich auf den toten Mann und eine der Frauen und verschlang beide mit jeweils einem gewaltigen Bissen. Dann drehte sich die Bestie, sodass der Ziegenteil zuvorderst war und verschlang die beiden übrigen Frauen. Zuletzt wandte sich die Schlange den beiden Knaben zu, die sie hungrig hinunter würgte. Wieder brüllte der Löwe und drehte sich zurück in seine ursprüngliche Position. Die Bestie schien zufrieden, denn sie neigte die Köpfe in Richtung des Schamanen, bevor sie wieder erstarrte. Der Schamane stieß einen jubelnden Laut aus, die Trommeln nahmen ihren Takt wieder auf und die Menge begann zu tanzen und zu singen.

Von all dem bekam ich nicht mehr viel mit, ich war kurz vor einer Ohnmacht und wollte nichts Anderes als weg, so weit und so schnell es ging. Meine Beine fanden endlich ihre Kraft wieder und ich rannte blindlings davon, wie sich herausstellte, direkt in meine Hütte, wo ich nun sitze und zitternd diese Worte niederschreibe. Ich habe mich so gut es geht verbarrikadiert, was mir ein kleiner Trost ist und ein wenig dazu beiträgt, dass ich meine Fassung wiedergewinne. Ich traue mich kaum einen Blick hinaus zu werfen und nachzusehen, ob die sechs Leichen wirklich verschwunden sind, aus Angst, der Bestie noch einmal ins Antlitz zu blicken. Mittlerweile ist die Flasche Branntwein so gut wie leer und alles verschwimmt vor meinen Augen.

Tag 43

Meine Nacht war kurz und von Terror und Ängsten geplagt. Das Geschehene von gestern lässt mich nicht mehr los. Strauss kam nach einigen Stunden vorbei, leichenblass und mindestens genauso verstört wie ich und fragte mich, ob ich das Gleiche wie er und Henry gesehen hätte. Es stellt sich heraus, dass die beiden ebenfalls gesehen haben, wie die Bestie zum Leben erwacht ist und die Leichen gefressen hat. Wir sind uns einig, dass es sich nicht um eine Einbildung gehandelt haben kann. Vor wenigen Minuten haben wir den Mut gefunden und den Hauptplatz inspiziert und ein verstörendes Überbleibsel des gestrigen Abends gefunden, nämlich Blut, das an den Mäulern der Bestie klebt. Strauss und ich haben mit den übrigen Soldaten gesprochen, die ebenfalls starr vor Angst waren. Sie hatten von ihrer Position aus mit ansehen können, wie sich die Bestie bewegt hat. Wir alle sind uns einig, dass wir die Expedition hier abbrechen müssen. Mehr als das sogar, wir sehen es als unsere Aufgabe an, den Rest der Welt vor diesem Ungetüm zu schützen und haben einen drastischen Plan geschmiedet, wie wir dies bewerkstelligen können.

Gott stehe uns bei. Wir werden es tun.

Tag 44

Flucht… Muss weiter, muss entkommen. Haben es getan… Haben Soldaten befreit und alle getötet, in der Nacht, alle tot. Haben das Dynamit genommen, haben das Ungetüm gesprengt. Chaos, alles Chaos. Die Kinder, oh Gott die Kinder, auch sie mussten…niemand durfte übrig bleiben. Keine Chance gegen Pistolen und Gewehre gehabt. Dieses Biest. Dieses furchtbare Biest. Hat nicht funktioniert. Ist nicht tot. Hinter uns. Vor uns. Über uns. Überall. Beschützer des Dorfes. Können ihm nicht entkommen, Dynamit funktioniert nicht, nicht kaputt zu kriegen. Hat die Anderen erwischt. Nur noch ich. Hat mich erwischt, blute aus. Bald tot. Kann kaum noch sehen, keine Kraft. Hat Strauss mit einem Biss verschlungen. Wollten flüchten, in den Dschungel, haben's nicht geschafft. Hat mich mit der Pranke erwischt, bin einen Hang runtergefallen, deswegen noch am Leben. Hab meine Tasche dabei. Muss Tagebuch verstecken. Nachwelt muss wissen… Höre es… Es kommt… Gebrüll... Zähne…Klauen…Schmerz…so viel Blut…zu viel Blut…

Maike Knorr

Begeisterte Leserin

Hobbyautorin

Christine Bachmann

Was ist Ihre Aufgabe im Verlag?

Ich bin im Außendienst und betreue den Buchhandel.

Warum haben Sie sich für diesen Beruf entschieden?

Selbständiges arbeiten, Begeisterung für das Buch, ständig neue Inhalte und Herausforderungen.

Wie sind Sie zu Ihrem Beruf gekommen?

Mir war im Innendienst zu langweilig, ich komme ursprünglich aus dem Hotelfach.

Wie sieht Ihr Berufsalltag aus?

Januar - April und Juni - September besuche ich den Buchhandel. Dazwischen habe ich mein Büro Zuhause, Konferenzen, lesen und telefonieren.

Was mögen Sie am meisten an Ihrem Beruf?

Ich liebe es den Buchhändler von meinen Büchern zu erzählen und sie zu begeistern. Die freie Zeiteinteilung und ich mag meine Kunden sehr gerne.

Was gefällt Ihnen am wenigsten?

So viel Zeit im Auto zu verschwenden, z. B. im Stau stehen. Auch bei Eis und Schnee Auto fahren ist nicht schön.

Endet Ihr Arbeitstag, wenn Sie nach Hause kommen oder beschäftigen Sie sich auch noch zu Hause mit der Arbeit?

Ja, denn mein Büro ist Zuhause. Ich bin aber gerne auch oft zu erreichen, weil es für Kunden und Vertreter gut ist Dinge gleich zu erledigen oder weiterzuleiten.

Lesen Sie auch privat viel?

Ja, schon immer. Gerne auch die Empfehlungen meiner Kunden.

Woran erkennt man ein gutes Buch?

Nicht am Umschlag! Sondern an den Empfehlungen der Buchhändler.

Mich interessieren Inhalte, die mich berühren. Das kann eine gute Geschichte sein, aber auch ein Sachbuch. Netflix, Unternehmenskultur.

Wie viele Manuskripte bearbeiten Sie im Jahr?

Ich versuche so viel wie möglich zu lesen, pro Reise 30-40.

Würden Sie sich noch einmal für den Beruf entscheiden, wenn Sie Wahl hätten?

Ja, immer.

Warum sind Sie genau bei diesem Verlag?

Ich bin gefragt worden, vorher war ich bei Loewe, aber ich war vor 20 Jahren schon mal in der Gruppe: Verlagshaus Goethestraße.

Was ist Ihr Lieblings Genre?

Biografien, Literatur, Reiseromane

Was war Ihr schönstes Erlebnis bisher?

Immer wieder schön ist es, auf die Inseln zu reisen.

Können Sie eine kleine Anekdote aus Ihrem Berufsleben erzählen?

Einmal war ich sehr stolz pünktlich bei meinem Kunden anzukommen (Stau im Elbtunnel…) und dann war die Buchhandlung abgebrannt (St. Peter-Ording) und dann bin ich wieder nach Hause gefahren.

In welche Schritte oder Vorgänge bei der Entstehung und dem Vertrieb eines Buches sind Sie beteiligt?

Manchmal werden wir nach den Covern gefragt, aber selten, leider. Ich bin für den Vorverkauf zuständig, die Nachbestellungen bei Presse-Events und für Rücksendungen.

Stirbt der Vertreter aus?

Nein, denn bei der Vielzahl der vergleichbaren Bücher zeigt der Vertreter die Unterschiede auf und die Richtung des Buches. Verlage, die keine Vertreter haben, können die Titel schwer in die Breite platzieren.

Christine Bachmann

Verlagsvertreterin

Ullstein Buchverlag

Daniel Bielenstein

Laute Bücher, leise Bücher

Bücher können sprechen. Mehr als das, sie sind ausgesprochen redselig.

Das klingt sicherlich überraschend, schließlich gelten Bücher als stilles Medium, gerade im digitalen Zeitalter. Es stimmt, Bücher klingeln und piepsen nicht, geben beim Aufklappen kein Intro-Geräusch von sich, jammern nicht, weil sie Strom brauchen, und auch beim Schließen summen oder brummen sie nicht. Sie bleiben leise (es sei denn, man schlägt sie krachend zu. Zum Beispiel, weil man fassungslos über eine Wendung in der Handlung ist. Oder auch so entsetzlich enttäuscht, weil man ein Buch schon ausgelesen hat).

Dennoch ist es ein Missverständnis. Bücher sind nicht stumm, sie sind nur ausgesprochen scheu und schüchtern, ja geradezu ängstlich.

Um mit Büchern zu sprechen, muss man daher eine spezielle Form des Zuhörens entwickeln. Sie reden erst, wenn sie wissen, dass jemand bereit ist, sich wirklich auf sie einzulassen, dass er oder sie es wirklich versteht, ihren Worten Raum zu geben.

Von meinem Schreibtisch aus (an dem ich selbst Bücher schreibe) fällt mein Blick quer durch mein Arbeitszimmer auf eines meiner Bücherregale. Dort findet sich eine kunterbunte Mischung aus Titeln, weder zeitlich noch thematisch geordnet. Die meisten Titel sind wenig aktuell, einige sogar regelrecht antiquiert. Andere sind neu, ich habe sie erst kürzlich dorthin gestellt.

Jetzt, da ich diese Zeilen schreibe, will ich mich selbst noch einmal überzeugen. Ich stehe auf, durchschreite mein Zimmer und stelle mich an das Regal. Dort lasse ich meine Augen wahllos über die zum Teil schon reichlich knittrigen Bücherrücken gleiten ... und plötzlich höre ich ihre Stimmen. Sie sind erst zögerlich und leise, werden dann lauter. Schließlich sprechen sie munter durcheinander. Manche dieser Bücherstimmen sind hoch, andere tief, manche lustig, manche ernst, manche romantisch, andere zum fürchten. Sie alle reden mit mir, erzählen mir von sich selbst, von ihrem Inhalt, ihren Helden, ihren Wendungen. Und zugleich erzählen sie mir auch etwas über unsere Begegnungen, davon wie wir uns kennengelernt haben, wann und wo wir Zeit miteinander verbracht haben, ob wir uns gemocht oder eher gestritten haben.

Bücher haben ein erstaunlich gutes Gedächtnis.

Der alte grüne Karl-May-Band zum Beispiel erinnert sich noch sehr gut an unsere gemeinsame Ferienwoche in Süddeutschland. Das ist weit über vierzig Jahre her. Wandern stand auf dem Programm, Stadtbesuche, Museen, Landschaften. Aber der Junge, der ich war, wollte sein Zimmer gar nicht mehr verlassen, wollte auf dem Bett liegen bleiben und einfach nur Zeit mit diesem Buch verbringen!

Ein Hermann-Hesse-Band verschafft sich durch ein zartes Räuspern Gehör. Ich blicke ihn an und höre ihn sagen: „Weißt du noch? Du warst dreizehn oder vierzehn Jahre alt. Sehr nachdenklich, sehr philosophisch. Ein echter Teenager. Wir haben die Nachmittage miteinander verbracht, und dann bist du spazieren gegangen und hast dich gefühlt wie ein Demian oder ein Steppenwolf."

Ich entgegne dem Buch: „Ich hatte es fast vergessen, aber du hast recht. So habe ich mich damals gefühlt. Und du warst dabei. Danke, dass du mich daran erinnerst."

„Stiller" von Max Frisch kennt mich als Student, genauso „Betty Blue" von Philippe Djian oder all die vielen Bücher von John Steinbeck. Michael Ondaatjes „Englischer Patient" erzählt mir, wie wir viele Nachmittage gemeinsam im Hof der Universität gesessen haben und eine Veranstaltung nach der anderen versäumt haben. Wir hatten uns so vieles zu sagen.

Umberto Ecos „Name der Rose" weiß noch genau, wie wir zusammen durch Asien gereist sind, und während es draußen schwülheiß und tropisch war, sind wir gemeinsam ins europäische Mittelalter entschwunden.

Ich höre ein spöttisches Lachen, kann es zuerst nicht zuordnen. Aber da hebt „Das Fegefeuer der Eitelkeiten" von Thomas Wolfe den Finger und sagt: „Als wir uns kennenlernten, warst du ein wenig naiv, mein Junge. Ich habe dir die Augen für die Doppelbödigkeit der Dinge, für die Lächerlichkeit der Menschen geöffnet. Weißt du es noch?"

„Aber ja, wie könnte ich es vergessen", entgegne ich.

Mein Bücherregal erwacht nun regelrecht zum Leben. All die Bände plappern laut durcheinander, sie haben ihre Zurückhaltung aufgegeben. Sie erzählen mir davon, davon wie ich war, als wir uns kennenlernten und was sie mich lehrten, wie sie mich verändert haben.

Marcel Prousts „Suche nach der verlorenen Zeit" hat mir gezeigt, dass nur die Sprache die Feinheiten der Welt sichtbar macht. Die „Buddenbrooks" haben mich in fremde Welten der Vergangenheit geführt, Philip K. Dick's Träumende Androiden schleuderten mich in eine ferne Zukunft – aber in Wahrheit war beides immer meine Gegenwart.

Hemingways „Alter Mann" und Harry Mulischs „Entdeckung des Himmels" erinnern mich an alte Freunde, mit denen ich diese Bücher gemeinsam las. Wir haben lange Nächte über sie diskutiert. Danke, ihr Lieben, dass ihr mich an diese Zeit erinnert.

Manchen meiner Bücher bin ich über die Jahre immer wieder begegnet. Gelegentlich war es enttäuschend, wir hatten uns entfremdet und nicht mehr viel zu sagen. Bei Anderen konnten wir nahtlos an unsere alte Freundschaft anknüpfen, entdeckten neue, überraschende Seiten aneinander. Andere Buch-Begegnungen waren beim ersten Mal zu früh, ich war nicht bereit dafür, aber dann nach ein paar Jahren konnte ich nachholen, was mir zuvor unverständlich geblieben war.

Alle diese Bücher, denen ich im Laufe der Jahre begegnet bin, haben eines gemeinsam: Ich habe mit ihnen gelebt, ich habe mich durch sie verändert. Am

Ende haben sie mich zu demjenigen gemacht, der ich heute bin.

Wenn ich, so wie jetzt, vor meinem Regal stehe, erinnern sie mich an die vielen Stationen meines Ichs, an dem sie alle einen Anteil haben. Darum danke ich den Büchern, sie sind meine Gefährten und meine Freunde.

Bücher sprechen zu hören, ist nicht immer einfach. Es kann anstrengend sein. Darum ermahne ich sie gelegentlich: „Seid doch endlich einmal still."

Oder ich rufe: „Hey! Nicht alle durcheinander! Einer nach dem Anderen!"

Und tatsächlich, dann werden meine Bücher sofort still. Es stimmt nämlich, sie sind wirklich schüchtern. Sie sprechen nur, wenn man ihnen zuhört, sie drängen sich nicht auf.

Aber wenn man ihnen zuhört, dann sprechen sie. Es ist eine Begegnung mit alten und neuen Freunden. Es ist unendlich kostbar.

Daniel Bielenstein ist Henrik Siebold ist Jakob Leonhardt. Unter diesen und anderen Pseudonymen verfasst er Romantic Comedy, Kriminalromane und Jugendbücher.

Merle Kaiser

Wie sind Sie zum Lesen gekommen?

Puh, gute Frage, meine Eltern haben mir als Kind viel vorgelesen und je besser ich selber lesen konnte, desto mehr habe ich dann auch alleine gelesen und irgendwann war dann kein geschriebenes Wort mehr vor mir sicher :D

Wie sind Sie zum Buchbloggen gekommen?

Ich habe die Bookstagram-Szene lange nur von der Seitenlinie betrachtet, als es mir dann aber Ende 2019 gesundheitlich nicht so gut ging, brauchte ich etwas um mich abzulenken und was mich begeistert und so lud ich im November 2019 meinen ersten Bookstagram-Beitrag hoch. Im Januar 2021 habe ich dann auch einen richtigen Blog eröffnet.

Woran erkennt man ein gutes Buch?

Ein gutes Buch erkennt man nicht immer auf den ersten Blick, manchmal erst auf den zweiten. Aber für mich braucht es auf jeden Fall eine fesselnde Handlung, authentische Charaktere und über eine Liebesgeschichte freue ich mich meistens auch.

Was ist Ihr Lieblings-Genre?

Ganz klar Fantasy. Ich liebe es in fremde Welten abzutauchen und die Protagonisten bei ihren Abenteuern zu begleiten.

Haben Sie einen Lieblingsautoren - und wenn ja, wen?

Schon seit Jahren ist Kai Meyer mein absoluter Lieblingsautor, durch ihn habe ich meine Liebe zur Fantasy entdeckt. Aber auch Sarah Nierwitzi, Lin Rina und Katharina Herzog sind Autorinnen, von denen ich wahrscheinlich jedes Buch lesen würde und die es jedes Mal wieder aufs Neue schaffen, mich in ihren Bann zu ziehen.

Was fasziniert Sie am meisten an Büchern?

An Büchern fasziniert mich am meisten, dass sie ein Tor zu einer anderen Welt öffnen können - leider nur im übertragenen Sinne. Sie helfen einem für einen Moment der Realität zu entschwinden und gleichzeitig etwas fürs Leben aus ihnen mitzunehmen.

Wie ist Ihr Bücherregal sortiert?

Auf den ersten Blick ohne System. Im Wohnzimmer stehen alle Fantasy- und Science Fiction-Romane und sind ein wenig nach Größe sortiert. Im Flur stehen meine Romancebücher, Krimis, Thriller und historische Romane, die nach Autor*in sortiert sind, mit Ausnahme eines Regalbretts mit Klassikern.

Mit welcher Figur aus einem Buch würden Sie sich gerne mal unterhalten?

Oh, gute Frage. Vielleicht Aelin aus „Throne of Glass"? Oder Four aus „Die Bestimmung"? Aber mit ihm könnte ich mir noch bessere Dinge vorstellen, als zu reden...

Welchen anderen Buchblogger würden Sie gerne mal kennenlernen?

Ganz klar die anderen Bloggerinnen aus dem „Chest of Fandoms"-Team, auch wenn ich mich beim ersten Treffen wahrscheinlich ziemlich unbeholfen anstellen würde.

Warum sollte man sich die Zeit nehmen zu lesen?

Lesen kann einem so viel geben. Es hilft dabei den persönlichen Horizont zu erweitern, es bietet eine kurze Pause vom Alltag - es gibt für mich einfach fast nichts Schöneres.

Wo lesen Sie am liebsten?

Im Winter lese ich am liebsten dick eingemummelt auf dem Sofa mit der Katze auf dem Bauch, im Sommer dagegen liebe ich es beim Lesen in der Sonne zu liegen.

Wie viel Zeit brauchen Sie, um ein Buch zu lesen und zu rezensieren?

Das ist tatsächlich ganz unterschiedlich. Wenn mich ein Buch absolut in seinen Bann gezogen hat, dann kann ich es innerhalb weniger Stunden durchgelesen haben, aber manchmal lese ich auch deutlich länger an einem Buch, besonders wenn im Alltag nicht viel Zeit zum Lesen bleibt. Rezensionen versuche ich immer möglichst zeitnah zu schreiben, besonders bei

Rezensionsexemplaren, aber es kam auch schon vor, dass eine Rezension erst drei Wochen nach Beenden des Buches online gegangen ist.

Welches Buch sollte jeder mal gelesen haben?

Im Fantasybereich auf jeden Fall „Throne of Glass", ansonsten ist „Nation Alpha" von Christin Thomas auch ein Buch, dass ich jedem*r ans Herz legen würde. Sie beschreibt darin auf eine sehr eindrückliche Art und Weise, dass Rassismus nichts ist, was uns im Blut liegt, sondern einzig und allein ein Gedankengut ist, das anerzogen wird. Und trotz des dystopischen Settings beschreibst sie etwas, was nicht allzu weit entfernt ist von unserer Realität.

Was lieben Sie am meisten am Bloggen?

Am Bloggen liebe ich am meisten den Austausch mit anderen Buchliebhabern, wobei sich die Gespräche gar nicht immer um Bücher drehen müssen. Aber auch die Möglichkeit jeden Tag neue fantastische Geschichten und Autor*innen zu entdecken, allerdings sehr zum Leidwesen meines Geldbeutels. Außerdem habe ich erst durch das Bloggen meine Liebe zum gedruckten Wort so wirklich wiedergefunden.

Hej! Ich bin Merle, 26 Jahre jung und studiere als Hamburger Deern Geschichte und Germanistik auf Lehramt in Braunschweig. Wenn ich nicht gerade meine Nase in einen Fantasyroman stecke (oder New Adult-Roman), dann findet man mich serienguckend mit meinem Mann auf dem Sofa. Und falls ihr wissen wollt, warum ich mich chlorperle nenne, dann schaut am besten mal auf Instagram bei mir vorbei.

Tina Lohrenz

Wie sind Sie zum Lesen gekommen?

Bücher waren einfach schon immer Teil meines Lebens. Selbst als ich noch nicht lesen konnte gab es bereits ein Regal mit Bilderbüchern in meinem Kinderzimmer. Als dann mit der Schule die Fähigkeit zum Lesen dazu kam wurde die Obsession für Bücher nur immer größer – und hält bis heute an.

Wie sind Sie zum Buchbloggen gekommen?

Je mehr ich in meinem Leben gelesen habe, desto höher wurde mein Bedürfnis darüber zu reden bzw. zu schreiben. Nachdem ich mich anfangs nur auf Instagram über Bücher ausgetauscht habe, wurde mir dort auf Grund der Zeichenbegrenzung schnell der Platz zu eng. Deshalb habe ich meinen Blog gegründet. Bücher nehmen so viel Raum in meinem Leben ein – da sollten sie diesen Raum auch digital bekommen.

Woran erkennt man ein gutes Buch?

Ein gutes Buch macht etwas mit einem. Es kann einen unterhalten. Es kann neue Gedankengänge anstoßen. Es kann einen emotional auffangen. Es kann dafür sorgen, dass man neue Blickwinkel ein- und Perspektiven annimmt. So oder so sorgt es dafür, dass etwas in einem passiert, man in Bewegung kommt, sich weiter entwickelt oder verfestigt. Nach dem Lesen guter Bücher ist man immer eine bessere Version seiner selbst, als vor der Lektüre.

Was ist Ihr Lieblings-Genre?

Ganz allgemein Belletristik, innerhalb dessen jedoch breit gefächert.

Haben Sie eine*n Lieblingsautor*in - und wenn ja, wen?

Es gibt mehrere Autor*innen, deren Werke ich gerne und mit viel Enthusiasmus lese.Am meisten beeindruckt haben mich bisher aber immer Fantasy-Autor*innen. Die vielfältigen, vielschichtigen und detailreichen Welten, die diese nur Kraft ihrer Imagination erschaffen, sind für mich besonders herausragend.

Was fasziniert Sie am meisten an Büchern?

Trotz dessen man beim lesen aus physischer Sicht auf einer Stelle verweilt, ermöglichen sie es einem, an komplett andere Orte zu reisen, ein anderer Mensch zu werden, neue Perspektiven einzunehmen, sich neues Wissen anzueignen und komplett in eine andere Welt einzutauchen – und das nur Dank Tinte und Papier. Wie könnte das jemanden nicht faszinieren?

Wie ist Ihr Bücherregal sortiert?

Nach Genre und innerhalb des Genres nach Autor*innen. Besondere Verlage, Autor*innen oder Buchreihen haben bei mir jedoch eigene Regalbretter bekommen,so zum Beispiel die Werke Walter Moers' und Sir Arthur Conan Doyles oder meine Diogenes und Reclam Sammlung.

Mit welcher Figur aus einem Buch würden Sie sich gerne mal unterhalten?

Definitiv Jo March aus Louisa May Alcotts „Little Women"

Welchen anderen Buchblogger würden Sie gerne mal kennenlernen?

Oh da gibt es noch so viele! Die Corona Pandemie hat den Vorteil, dass viele Veranstaltungen momentan online stattfinden und Videokonferenzen schneller und effektiver eingesetzt werden. So habe ich im Verlaufe des letzten Jahres besondersviele bereits bei Onlineverantstaltungen kennenlernen können. Diese Kontakte hoffeich auf den nächsten Buchmessen in die reale Welt holen zu können. Bei allen anderen die noch fehlen wird sich schon noch die Möglichkeit ergeben – ob digital oder analog wird sich dann zeigen.

Warum sollte man sich die Zeit nehmen zu lesen?

Bücher, die man liest, sind immer eine Investition in sich selbst, egal, ob man sich weiterbilden möchte oder es Teil der Selbstfürsorge ist. Und in sich selbst kann man niemals genug investieren.

Wo lesen Sie am liebsten?

Zuhause auf der Couch, mit Blick auf mein Bücherregal. Prinzipiell lese ich aber überall gerne.

Wie viel Zeit brauchen Sie, um ein Buch zu lesen und zu rezensieren?

Das ist ganz unterschiedlich. Es gibt Bücher, die lese in an einem Stück. Es gibt aber auch Bücher, die ich nur häppchenweise lesen kann, weil in den einzelnen Kapiteln so viel passiert, dass man es zwischendurch immer wieder Sacken lassen muss. Zwischen einem Nachmittag und mehreren Wochen ist da also alles möglich. Nur für das Schreiben einer Rezension habe ich mich bei mittlerweile 2 Stunden pro Buch eingepegelt – inklusive Bildbearbeitung, SEO, Vorbereitungen für die Sozialen Medien etc.

Welches Buch sollte jeder mal gelesen haben?

Peter Singers „Praktische Ethik"

Was lieben Sie am meisten am Bloggen?

Ich kann dort meiner Liebe zur Literatur ungezügelt nachgehen und meine Emotionen für einzelne Bücher niederschreiben. Zudem kommt man über das Bloggen schnell mit Gleichgesinnten in Kontakt, kann sich austauschen, ins Gespräch kommen, neue Menschen kennenlernen und weitere Buchtipps für sich mitnehmen.

Tina Lohrenz, Buchbloggerin, besser bekannt auf Instagram als @frollein_von_kunterbunt ist Auszubildende im Buchhandel.

Website:
https://frolleinvonkunterbunt.wordpress.com/

Viola Brehm

Wie sind Sie zum Lesen gekommen?

Durch den Deutschunterricht.

Wie sind Sie zum Buchbloggen gekommen?

Ich habe den Austausch gesucht, da bei mir im Freundeskreis oder in der Familie nicht viele lesen.

Woran erkennt man ein gutes Buch?

Man kann es nicht aus der Hand lesen und möchte immer weiterlesen oder drüber sprechen.

Was ist Ihr Lieblings-Genre?

Thriller und Fantasy

Haben Sie einen Lieblingsautoren - und wenn ja, wen?

z.B Leo Born, Patricia Walter oder Marc Raabe

Was fasziniert Sie am meisten an Büchern?

Man taucht in verschiedene Welten ein und kann alles andere vergessen.

Wie ist Ihr Bücherregal sortiert?

Durch den Umzug in unser Haus sind meine Bücher aktuell leider in Umzugskartons.

Mit welcher Figur aus einem Buch würden Sie sich gerne mal unterhalten?

Mit Harry Potter :)

Welchen anderen Buchblogger würden Sie gerne mal kennenlernen?

Gaaaanz viele. Zum Beispiel diese drei:

Die liebe Marie von @maary.read

Beril von @berilria.books

Linda von frauvonundzu.buecherliebe

Warum sollte man sich die Zeit nehmen zu lesen?

Ich kann dadurch total gut abschalten und man kann so viel lernen und seine Fantasy anregen.

Wo lesen Sie am liebsten?

In meinem Sessel

Wie viel Zeit brauchen Sie, um ein Buch zu lesen und zu rezensieren?

In der Regel zwischen zwei und sieben Tage. Manchmal auch länger, je nach dem wie dick das Buch ist.

Welches Buch sollte jeder mal gelesen haben?

Ich finde Harry Potter :)

Was lieben Sie am meisten am Bloggen?

Den Austausch. Alle sind so herzlich und hilfsbereit. Bei jedem Problem kann man immer auf die anderen zählen. Jeder ist willkommen und es interessiert keinen, ob die Frisur oder die Schminke sitzt.

Viola Brehm

Instagram: @violas_buecher

Blog: www.violas-buecher.de

Jürgen Uphoff

Warum ich gern lese?

Diese Frage stelle ich mir manchmal auch. Besonders bei Büchern, die mich fasziniert haben. Aber eine gute Antwort konnte ich nie für mich finden. Für mich habe ich festgestellt, dass die ersten Seiten eines Buches maßgeblich sind: lese ich diese mit Begeisterung oder muss ich mich durch den Text quälen, ist er langweilig, schwierig oder einfach zu lesen. Es gibt aber auch Autoren, vor denen ich mich fürchte („Ulysses" von James Joyce z.B.). Diese Bücher liegen wie Blei in meinem Bücherregal und werden nur hervorgeholt, wenn es nichts Interessantes zu lesen gibt.

Aber nun zur Frage zurück: **Warum lese ich gern?** Dazu muss ich gestehen, dass ich erst sehr spät angefangen habe zu lesen. Bei uns zu Hause gab es nicht allzu viele Bücher. Mein Vater war Zeitungs- und Zeitschriftenleser (z.B. Der Spiegel, Stern) und meine Mutter las am liebsten die sogenannten „Groschenromane". Ich las damals Comics wie Asterix oder Gruselromane von John Sinclair oder auch Jerry Cotton Krimis. Das war meine bevorzugte Welt des Lesestoffs. Manchmal war auch ein Jugendbuch dabei, das ich verschlang und möglichst schnell lesen wollte. Auf jeden Fall war mein Bücherregal besser gefüllt als das meiner Eltern. Dann begann die Zeit der Fantasie-Geschichten, die mich völlig in ihren Bann zog. Es fing mit einer Taschenbuchreihe an, die damals erschien und alle zwei Monate bis zu drei neuen

Geschichten herausbrachte. Michael Ende tauchte auf und wurde mein Autor. Auch wenn heute nur noch MOMO oder DIE UNENDLICHE GESCHICHTE in Erinnerung geblieben sind. So konnte ich meine Langeweile damals und heute sehr gut bekämpfen. Das Landleben in Ostfriesland brachte manchmal diese Langeweile hervor, denn mancher Winter oder Sommer war völlig unspannend, zumindest in meiner Jugend.

Als ich als „Bücherwurm" bekannt wurde, wurde ich oft gefragt, ob ich nicht ein Buch empfehlen könnte, als Geburtstags- oder Weihnachtsgeschenkt. So wurden meine Tipps dann auch regelmäßig in der Schülerzeitung veröffentlicht. So habe ich meinen Ruf in meiner Heimatstadt erhalten. Besonders meine Zeit in der Jugendarbeit der Kirche begann mit einem Lesekreis für junge Leute. Die Gemeinde glaubte nicht, dass ich viele Jugendliche dazu bringen könnte mitzumachen, aber Sie gestanden ihren Irrtum ein, als zur ersten Runde fast 30 Personen kamen. Der Stamm blieb dann bei 20 Personen, die viel gemeinsam unternahmen und die Mithilfe einer Buchhandlung bekamen. Der Kreis hielt fast fünf Jahre zusammen und war immer gut besucht, natürlich zur Freude des Pastors und der Gemeinde.

Ich bin kein besonderer Fan des Fernsehens (war schon mal anders) und konnte eher in andere Welten eintauchen, wenn ich las. Fantasy, Krimis, manchmal Biografien und auch der normale Roman gehört heute zu meinem bevorzugten Lesestoff.

Damals (und auch heute) bekam mancher Buchhändler etwas Angst vor mit, wenn ich seinen Laden betrat. Ich sah sie dann plötzlich in Richtung Lager flüchten, um mir aus dem Weg zu gehen. Dann kam mein damaliger Buchhändler auf eine für mich verrückte Idee. Er bot mir Leseexemplare an und ich las Bücher, die erst später erschienen und fragte mich nach meiner Meinung: Ob ich mir vorstellen könnte, dass diese Bücher sich gut verkaufen würden. Somit hatte ich schon manchmal Bücher gelesen, die erst später auf den Markt kamen.

Plötzlich erschien auch die örtliche Presse bei mir und fragte an, ob ich Buchtipps für die Zeitung schreiben würde. So wurden dann auch Arbeitskollegen auf mein Hobby aufmerksam und fragten mich um Rat für ein Buchgeschenk. Ich fing an meine Arbeit mit meinem Hobby zu verbinden. Ich arbeitete im Nachtdienst eines Krankenhauses, wo es ruhige Nächte mit viel Zeit gab und manchmal aber auch Nächte, wo lesen nicht möglich war.

Dies sind alles Gründe, warum ich gerne lese. So kann ich in Welten eintauchen, die mir nur beim Lesen offen stehen. Bei spannenden Krimis konnte ich mich gruseln, manchmal musste ich das Buch zur Seite legen, wenn meine Fantasie mich zu sehr gruseln ließ. Kopfbilder können mächtig sein. Für mich langweilige Bücher lege ich schnell aus der Hand, hole sie aber dennoch wieder hervor, weil ich wissen will, wie die Geschichte endet. Es wird immer wieder Bücher geben, durch die sich der Leser quälen muss, aber auch Bücher, die sie gar nicht schnell genug lesen können, weil sie so spannend sind. Für mich gibt es Bücher, die ich niemals lesen würde, weil sie mir zu langweilig sind. Allerdings habe ich meine Leselust auch verändert, so dass es heute Bücher gibt, die ich früher niemals gelesen hätte.

Zum Schluss sei noch gesagt, ich brauche richtige Bücher, keine E-Books. Ich brauche den Duft eines druckfrischen Buches. Ich muss die Seiten umblättern können. Die Geräusche, die ein frisches Druckwerk verströmen, kann nur ein Buch entwickeln. Ein „Bücherwurm" braucht die Geräusche und den Geruch, um sich in seine Fantasiewelt zurückziehen zu können. Sie bleiben einzigartig und machen das Lesen zu einem Erlebnis.

Aber auch ich lerne nicht aus. Früher habe ich es immer belächelt, wenn mir eine Mitarbeiterin sagte, dass dieses Buch sich als „Eye-Catcher" gut im Regal macht. Der Umschlag eines Buches steht heute im Vordergrund und laut Aussage eines Buchhändlers gibt es den Ausschlag für den Verkauf eines Buches. Dies gilt für mich nicht. Ich finde den Inhalt des Buches wichtiger und lege mehr Wert auf eine interessante Geschichte, der Umschlag ist mir da nicht so wichtig.

Für mich wird es immer Bücher geben, egal wie dick, schwer oder dünn sie sind. Die Geschichte sollte das Wichtigste sein, sowie der Autor, der die Story erfunden hat. Das sind für mich wichtige Gründe, warum ich lese. Als eine Art Flucht aus dem Alltagsleben, Nöten und Sorgen des Lebens und die Überraschung, ob es mir gefällt oder nicht.

Welches Buch jemand verschenkt, ob er/sie sich die Mühe macht sein Gegenüber kennengelernt zu haben, zeigt das Interesse an einer Person.

Jürgen Uphoff ist begeisterter Leser.

Boris Koch

Lesen, Schreiben und Inspiration

Vier Fragen und ausufernde Antworten

Lesen Sie auch in Ihrer Freizeit viel?

Ich würde sagen: Ja. Auch wenn für einen Autor die „Freizeit" natürlich schwer von der Arbeitszeit abzugrenzen ist, schließlich wachsen die Geschichten im Kopf ständig, und Ideen kommen oft ungeplant und zu allen möglichen Zeitpunkten. Und so kann ich zwar den Abend zum Feierabend erklären und ein Buch lesen, aber ich kann nie ausschließen, dass das Buch mich nicht plötzlich für das eigene Schreiben inspiriert... In der Tat ist das nur höchst selten die große Geschichte, sondern meist ein Detail, oft fast nebensächlich, das sich mit anderen Gedanken in meinem Kopf verknüpft, oder ein stilistisches Element oder etwas im Aufbau der Handlung. Dabei geht es nicht um einfache Nachahmung, oft genug ist es auch etwas, das mich zum Widerspruch reizt.

Von daher würde ich die Frage vielleicht leicht abgewandelt beantworten - ohne die Zeitkomponente: Ja, ich lese überhaupt gern, und ich lese auch Bücher und Comics, die keinen offensichtlichen Zweck für mein eigenes Schreiben haben. Die nicht der Recherche dienen und die inhaltlich ganz anders gelagert sind als das, was ich aktuell schreibe und was ich in nächster Zeit geplant habe. Aber wer weiß schon, wohin einen ein Buch trägt, wenn man den ersten Satz liest?

174

Welches Buch sollte jeder mal gelesen haben?

Aus wirtschaftlichen Gründen müsste ich jetzt „eines von meinen" antworten, oder nicht? (lacht)

Nein, im Ernst, ich glaube, ein solches Buch existiert nicht, kann es gar nicht, denn dafür ist das Lesen zu intim, zu persönlich. Ich könnte hier jetzt einfach meine Lieblingsbücher aufzählen, aber jeder muss die Bücher finden, die ihn berühren. Die Bücher, die man nicht nur gut findet, sondern die einen glücklich machen (oder auch wütend), die einen bewegen, herausfordern, begeistern, mitreißen, einen vielleicht sogar verändern. Bücher, die beim ersten Mal genau zum richtigen Zeitpunkt kommen und die man öfters als einmal liest, die einen staunen lassen und an fiktive Orte führen, Orte, die man allein nie hätte entdecken können. Das sind die besonderen Bücher, die man jedem wünscht, und diese Bücher sind nicht für jeden gleich.

Für mich selbst gehören dazu u.a. Oskar Maria Grafs Wir sind Gefangene, Helmut Kraussers Melodien, Tolkiens Hobbit und Der Herr der Ringe, Umberto Ecos Der Name der Rose, Stephen Kings Es.

Lesen Sie Ihre eigenen Bücher?

Nur, wenn ich muss … Nein, im Ernst, es gibt so viele tolle Bücher anderer Autoren, die ich noch lesen will, die mich überraschen und herausfordern können, mich unterhalten und mir Neues zeigen, während meine eigenen Bücher sowieso ein Teil von mir sind.

Die Passagen für Lesungen lese ich natürlich wieder und wieder auf der Bühne, und wenn ich die Fortsetzung zu einem Roman schreibe, dann lese ich die vorherigen Teile noch einmal sorgfältig, um mich bestimmter Details zu versichern, die ich dann aufgreife. Aber diese Art der Lektüre ist ja kein Lesen um des Lesens willen, sondern in gewisser Weise der Beginn des Schreibprozesses.

Wo sammeln Sie Inspiration?

Überall. Alles, was in meinen Kopf gelangt, bewusst oder unbewusst, ist Inspiration. Mein Leben und die Erlebnisse von Freunden und Bekannten, Bücher ebenso wie alle anderen Künste, Sachbücher wie Dokumentationen, Träume und Gedanken, eben alles. Bei der Hälfte der Ideen weiß ich nicht einmal, wie sie in meinen Kopf gelangt sind, oft sind es Verknüpfungen verschiedener Eindrücke.

Um das konkreter auszuführen, hier exemplarisch einige Beispiele anhand meiner aktuellen Dilogie aus Dornenthron und Narrenkrone, was alles auf welche Weise in ein Buch wandert:

Die Ausgangsidee stammt hier ebenfalls aus einem Buch, und zwar aus Grimms Märchen. Zuerst hatte ich den Gedanken im Rahmen der Lesebühne Das StirnhirnhinterZimmer, die ich von 2005 bis 2015 zusammen mit den Kollegen Christian von Aster und Markolf Hoffmann in Berlin betrieb. Es war die Frage, was im Märchen Dornröschen eigentlich mit dem Königreich geschieht, während der ganze Königshof für hundert Jahre im Schlaf versinkt.

Der Rest der Welt schläft schließlich nicht, und hier herrscht plötzlich ein Machtvakuum. Das ist natürlich viel zu realistisch und logisch gedacht, um einem Märchen gerecht zu werden, aber in solchen bewussten Widersprüchen finde ich immer wieder Geschichten, die ich erzählen möchte. Und während ich über die Handlung und Figuren nachdachte, haben sich immer weitere Märchen in die Geschichte geschlichen - mal ausführlicher (Hänsel und Gretel), mal ganz anders (Rumpelstilzchen) und mal beiläufig (Aschenputtel, Schneewittchen, ...).

Beim dem zuvor erwähnten Machtvakuum, dem von Dornen überwucherten Palast und einem zerfallenden Reich, kam ich sehr schnell auf Rom. Ich war dort vor knapp zehn Jahren im Urlaub und völlig begeistert, gerade auch von den Caracalla-Thermen und den Überresten auf dem Palatin, von dem auch unser Wort Palast herkommt. Dort bin ich lange und glücklich in der Augusthitze umhergeschlendert und habe die Atmosphäre aufgesogen - und am Abend und am nächsten Tag bin ich wieder hin. Das ist eine weitere Inspiration: Reise und persönliche Erlebnisse. Ich war mit der Uni auf Exkursion in Sizilien, um antike Theater zu besichtigen, und habe 1993 Griechenland mit dem Rucksack bereist, wo ich auch bei den Metéora-Klöstern war, die mich beeindruckten und zur Schwebenden Bibliothek inspirierten. Überhaupt bin ich durch die eine oder andere Ruine gelaufen, und das hat seinen Niederschlag gefunden in den Überresten des Ycenischen Kaiserreichs, die sich überall in Dornenthron und Narrenkrone finden lassen.

Dieses persönliche Erleben verknüpfte ich dann mit Wissen aus Fachliteratur und Sachbüchern über Rom. Dazu kamen Rekonstruktionen, Bildbände und Dokumentarfilme. Und Phantasie, es sind schließlich Fantasyromane und keine historischen ...

Die Sucher von Ycena - Männer und Frauen, die in der Ruinenstadt vor dem überwucherten Palast nach wertvollen Überresten der alten Kultur suchen - wurden inspiriert von Goldgräbern, frühen Archäologen und Schatzsuchern. Dabei inspirierte mich die Fernsehserie Deadwood (also ein anderes Medium und Genre) ebenso wie verschiedene Bücher, die ich als Kind und Jugendlicher las, und an die ich mich zwar nur noch bruchstückhaft erinnerte, aber umso deutlicher an die Begeisterung, mit der ich etwa Thomas Jeiers Sachbuch Der große Goldrausch von Alaska, Jack Londons Abenteuerromane und diverse Western las. Schatzsuchen liebte ich sowieso …

Diese Begeisterung ist ebenso Inspiration, denn ich versuchte beim Schreiben meine Begeisterung für den Stoff und den Weltenbau an die Leser weiterzugeben.

Für viele Figuren spielt das Verhältnis zu ihren Eltern oder Kindern eine große Rolle, und hier habe ich auch daraus geschöpft, selbst Vater zu sein - fast noch mehr in den Alltagsbeobachtungen und kleinen Details als in den großen Fragen. Da hat sich meine Position mit der Geburt meiner Tochter nicht groß geändert, ich war natürlich auch davor dagegen, dass man sein Kind verkauft ...

Allerdings habe ich Tyras Suche nach ihrem geraubten bzw. verkauften Kind als Vater wohl mit einer größeren Emotionalität geschrieben, und auch wenn Emotionalität nicht immer ein Vorteil sein muss, hier schien es mir zumindest beim Schreiben so zu sein.

Herrscher werden regelmäßig mit Architektur in Verbindung gebracht, Pharaonen mit ihren Pyramiden, Ludwig XIV. mit der Neugestaltung von Versailles, usw. Darauf stößt man u.a. bei Besichtigungen und in Reiseführern, und als ich über Herrschaft, Macht und den König nachdachte, tauchte plötzlich die Idee auf, den Tyrannen Tiban über Architektur zu charakterisieren und mit einem gigantischen Galgen als Bauwerk in Verbindung zu bringen, weil ein Galgen nach Tibans Auffassung die Macht eines Herrschers über Leben und Tod seiner Untertanen symbolisiere. Ich mochte die Idee und war glücklich, aber dann recherchierte ich im Internet über Galgen und Hinrichtungen, und das war der guten Laune dann eher abträglich …

Ich hoffe, die wenigen Beispiele haben aufgezeigt, wie Inspiration für mich funktioniert, wie sie zufällig passiert und wie man sie erzwingt, und wie wichtig es mir ist, dass sie von überall herkommt, nicht nur aus dem Medium und Genre, in dem ich mich mit meiner Geschichte bewege. Aus diesem Spannungsfeld unterschiedlicher Einflüsse und Gedanken entstehen meine Ideen. Meine Aufgabe ist es dann nur noch, all diese Unterschiede zu einer - mehr oder weniger - homogenen Geschichte zusammenzubringen …

Boris Koch, geboren in einer Winternacht 1973, brach das Studium von Geschichte und Literatur zugunsten des Schreibens ab. Er schreibt für Jugendliche und Erwachsene, Phantastisches und Realistisches. Zu seinen Büchern gehören u.a. Die Drachenflüsterer-Saga, Dornenthron und Das Camp der Unbegabten. Er ist Comictexter (u.a. Die Schöne und die Biester) und Mitbegründer der legendären Berliner Lesebühne Das StirnhirnhinterZimmer, jahrelang jobbte er nebenbei in der Otherland Buchhandlung. Heute lebt er zusammen mit der Autorin Kathleen Weise (u.a. Der vierte Mond) und der gemeinsamen Tochter in Leipzig. Er wurde mehrfach ausgezeichnet und in mehrere Sprachen übersetzt.

www.boriskoch.de

Instagram: @autorboriskoch

Johanna Danninger

Wie aus mir eine Autorin wurde

Der Weg zum Berufsbild Schriftsteller ist ebenso individuell wie es letztlich auch deren Bücher sind. Würde ich zwanzig Autorinnen und Autoren nach ihrer Vergangenheit befragen, würde ich zwanzig verschiedene Geschichten zu hören bekommen. Doch eine Kernaussage hätten sie vermutlich doch gemeinsam – „Eines Tages hatte ich den Wunsch, ein Buch zu schreiben." In meinem Fall erwachte dieser Wunsch bereits in der Kindheit. Geschichten waren schon immer meine Welt. Als Kleinkind noch in Form von Hörspielen, und sobald ich lesen konnte, wurde ich auch sogleich Stammgast in der örtlichen Bücherei. Und schon damals habe ich mich in jedes einzelne Buch hineingeträumt und mir eigene Handlungsstränge dazu ausgedacht.

Ich kann mich nicht genau erinnern, aber ich denke es war noch während der Grundschulzeit, als ich schließlich anfing, meine eigenen Geschichten zu entwickeln. Oft werde ich gefragt, woher ich meine Ideen nehme. Darauf kann ich nur antworten, dass sie einfach da sind. Sie waren schon immer einfach da. Damals wie heute. Und ich hatte eben schon immer Freude daran, diese Ideen auszubauen, sie weiterzuentwickeln und eine ganze Geschichte darum herum entstehen zu lassen.

Jeder von uns kennt wohl das kollektive Aufstöhnen im Klassenraum, wenn der Lehrer einen freien Aufsatz verlangt. Nun, ich war diejenige mittendrin, mit einem erfreuten Grinsen im Gesicht und gedanklich bereits dabei, den ersten Satz zu formen.

Ab diesem Zeitpunkt war er dann auch da, dieser Wunsch, der Traum, eines Tages mein eigenes Buch zu veröffentlichen. Ich wollte mein Buch, mit meinem Namen drauf, im Buchladen stehen sehen.

Man sollte meinen, mein Weg wäre damit klar gewesen. Ich brachte alles mit, was eine

Schriftstellerin braucht – Kreativität, blühende Fantasie, sprachliche Begabung und – aus meiner Sicht das Wichtigste – den Wunsch zu Schreiben.

Dennoch lief mein Leben nach und nach in eine völlig andere Richtung. Andere Dinge wurden wichtiger. Die Irrungen und Wirrungen des Heranwachsens und letztlich auch unser klassisches Schulsystem drängten meine Kreativität immer mehr in den Hintergrund. Der Traum vom eigenen Buch zog sich in eine entlegene Ecke zurück, bis ich ihn schlicht vergaß.

Ich weiß noch genau, wie orientierungslos ich vor meinem mittleren Schulabschluss war. Ich wollte eine Ausbildung machen und ich wollte Arbeiten, aber ich hatte nicht den blassesten Schimmer, was. Mein ursprünglicher Wunsch war vergessen. Dass Kreativität meine Stärke ist, war mir zu diesem Zeitpunkt absolut nicht klar, also was tun?

Dass die Wahl schließlich auf Krankenschwester fiel, war eine reine Vernunftentscheidung. Ein solider Job mit Zukunft und einigermaßen anständiger Bezahlung. Mit Menschen konnte ich auch gut umgehen ... wunderbar!

Diese Entscheidung habe ich bis heute nicht bereut. Zumal ich nach meiner Ausbildung in der Notaufnahme anfing und mich dort sehr wohl fühlte. All meine Erfahrungen aus jener Zeit würde ich niemals missen wollen. Nicht die guten und auch nicht die schlechten. Ich mochte meinen Job trotz Stress und Schichtdienst unwahrscheinlich gerne und hätte mir damals jemand prophezeit, dass ich zehn Jahre später hauptberuflich Autorin sein würde, hätte ich ihm den Vogel gezeigt.

Doch plötzlich war er wieder da, dieser Wunsch zu schreiben. Mit Ende Zwanzig meldete er sich unerwartet bei mir zurück. Da waren sie wieder, diese Ideen, völlig aus dem Nichts. Rangelten um meine Aufmerksamkeit und drängten mich dazu, ihnen Raum zu geben. Dass der Wunsch zu Schreiben wie ein Drang sein kann, berichten viele Autor/innen. Ich kann das nur bestätigen, denn bei mir war es auch so. In meinen Gedanken reifte die erste Geschichte, die ich nicht vergessen oder verdrängen konnte. Sie wollte raus, auf Papier gebracht werden, oder wie auch immer man es nennen mag.

Also schrieb ich. In jeder freien Minute saß ich mit meinem veralteten Laptop am Küchentisch und schrieb. Wenn ich nicht schrieb, dachte ich darüber nach, was in der Geschichte als nächstes passieren würde. Ich war wie besessen und hatte nur ein einziges Ziel vor Augen – Das Buch komplett fertig zu schreiben.

Mein engeres Umfeld bekam natürlich mit, was ich tat. Wirklich ernstgenommen hat es wohl niemand. Zumeist erntete ich eher unverständliche Blicke, weil niemand nachvollziehen konnte, weshalb ich meine kostbare Freizeit mit einer solch merkwürdigen Tätigkeit am Laptop verbrachte, obwohl draußen so ein herrliches Wetter war. Schließlich war es so weit. Unter meinem allerersten Roman standen die vier Buchstaben E-N-D-E. Ich würde gerne sagen, dass es ein fantastisches Gefühl war, aber ich war weit entfernt von einem Erfolgserlebnis. Nun war nämlich auch mein Kindheitstraum zurück – mein eigenes Buch im Laden stehen zu sehen. Ich hatte nie vor, nur für mich zu schreiben. Für mich zählte schon immer das Ziel, zu veröffentlichen. Ich wollte, dass andere meine Geschichten lesen.

Also gab ich das Manuskript einer Handvoll meiner engsten Vertrauten und wartete nervös auf Rückmeldungen. Die waren durchweg positiv. Natürlich waren sie das. Mit Sicherheit gut gemeint, doch genau aus diesem Grund raten die meisten Autoren von einer Testleserschaft im engen Umfeld ab. Die Befangenheit ist zumeist einfach zu hoch. Eine überschwängliche Lobeshymne bringt einen Autor genauso wenig weiter, wie ein totaler Verriss. Aber nun zurück zum Thema.

Ich war und bin mein größter Kritiker und dementsprechend skeptisch habe ich meinen ersten Roman beäugt. Obwohl ich gar nicht wirklich an die Geschichte geglaubt habe, schickte ich dennoch ein Exposé an mehrere Verlage. Es hagelte Absagen, die mich zwar nicht überraschten, mir aber natürlich trotzdem einen herben Dämpfer versetzten.

Meinen Schreibdrang interessierte mein angekratztes Ego allerdings wenig. Die nächste Geschichte wollte raus, also kauerte ich mich wieder in der Küche zusammen und tippte. Es war ein Abenteuerroman für Kinder und das Schreiben selbst ging mir bereits leichter von der Hand als beim ersten Buch.

Kurz vor der Fertigstellung stolperte ich durch reinen Zufall über die Selfpublishingplattform Kindle Direct Publishing, betrieben von Amazon. Bis zu diesem Zeitpunkt hatte ich von Selbstverlag noch nie etwas gehört, doch das System von KDP sprach mich sofort an. Ich las mich quer durch sämtliche Foren, brachte mir bei, wie man ein Kindle-Ebook formatiert, und lud mein Kinderbuch hoch. Inklusive jeglicher Anfängerfehler und absolut grauenhaftem Cover. Mir ist es ehrlich ein Rätsel, dass das Ebook trotzdem ein paar Leser gefunden hat.

Aber das hat es und damit war nun meine erste Geschichte veröffentlicht. Ich bekam Feedback von mir fremden Leuten und erhielt damit viel Lob, aber auch Kritik, die ich mir sehr zu Herzen nahm. An und mit diesem Buch habe ich unheimlich viel gelernt. Was es mit Lektorat und Korrektorat auf sich hat, was ein professionelles Cover auszeichnet, und so weiter. Absolut grundlegende Dinge, die man eigentlich vor Veröffentlichung wissen sollte. Nun, ich habe das Pferd eben von hinten aufgezäumt.

Nachdem ich um all diese Erfahrungen reicher war und zumindest einigermaßen wusste, wie der Hase läuft, setzte ich mich an den nächsten Roman. Diesmal eine humorvolle Liebesgeschichte, dezent inspiriert von meinem Arbeitsplatz und mit dem Titel

„Vorhofflimmern". Deutlich professioneller, mit Lektorat und vernünftigem Cover, lud ich das Ebook hoch und was dann passierte, überstieg selbst meine hohe Vorstellungskraft.

Das Ebook wurde innerhalb kürzester Zeit zum Kindle-Bestseller. Mit solchen Verkaufszahlen hatte ich nicht gerechnet und erst recht nicht damit, dass sich ein paar Wochen später ein Verlag bei mir meldete, um das Buch zu akquirieren. Ich hatte so wenig damit gerechnet, dass ich die erste Mail von Montlake Romance einfach unbeantwortet gelöscht habe, weil ich dachte, es müsse sich dabei um irgendeine Art von Spam handeln. Gott sei Dank wollte der zuständige Lektor nicht so schnell aufgeben und hakte telefonisch bei mir nach. (Franz, du weißt, dass ich dir auf ewig dafür dankbar sein werde!)

„Vorhofflimmern" wurde also unter dem Label Montlake Romance neu verlegt. Im gleichen Jahr veröffentlichte der Verlag meinen zweiten Liebesroman „Nachbarschaftsverhältnis", der ebenfalls zum Kindle-Bestseller wurde.

Da waren sie nun, die Bücher mit meinem Namen drauf, die tatsächlich von anderen gelesen wurden. Auf der Frankfurter Buchmesse kritzelte ich meine Unterschrift in ebenjene Bücher.

Und Geld verdiente ich auch noch damit. Genügend, um vorsichtig meine Arbeitszeit als Krankenschwester zu reduzieren. Interessanterweise sah ich mich zu diesem Zeitpunkt selbst noch lange nicht als „richtige" Autorin an.

Ein Teil von mir wollte wohl einfach nicht glauben, dass mein Kindheitstraum wahr geworden sein sollte. Und das auch, während das Schreiben stetig mehr Raum in meinem Alltag einnahm und eine Veröffentlichung auf die nächste folgte.

Mit jedem Buch lernte ich dazu, mit jedem Lektorat feilte ich an meinem Schreibstil, und das tue ich noch und werde ich vermutlich immer tun, weil man auch als Autor nie auslernt. Ich hatte doch erwähnt, dass mein allererstes Manuskript überall abgewiesen wurde. Nun, heute bin ich froh über all diese Absagen, denn aus der Grundidee ebenjenes Manuskripts wurde einige Jahre später eine vierteilige Jugendbuchreihe mit dem Titel „Secret Elements", erschienen beim Carlsen-Verlag. Erst da hatte ich genügend Erfahrung gesammelt, um das Potential der Geschichte wirklich ausschöpfen zu können.

Dann, fünf Jahre nach meinem Debüt und mit insgesamt acht veröffentlichten Romanen, kam ich endlich an den Punkt, an dem ich begriff, dass ich längst hauptberuflich Autorin war und nur noch im Nebenjob als Krankenschwester arbeitete, weil ich Angst vor der Selbstständigkeit hatte. Weil ich Angst hatte, den sicheren Hafen meiner unbefristeten Festanstellung zu verlassen. Und weil es mir unbegreiflich war, dass ich mit dem was ich liebe und was mir Freude bereitet, meinen Lebensunterhalt verdienen konnte.

Dieser letzte Schritt, die Kündigung meiner Festanstellung, hat meinen gesamten Mut abverlangt und war gleichzeitig die beste Entscheidung meines bisherigen Lebens. Ich lebe nun meinen Kindheitstraum, den ich zwar zwischenzeitlich vergessen hatte, aber er mich nicht.

Das Schreiben war also schon immer ein Teil von mir und dieser Drang zu Erzählen ist meiner Meinung nach die Grundvoraussetzung, um Autor/in zu werden. Dazu kommt Durchhaltevermögen, Mut, Selbstvertrauen und ein großes Maß an Flexibilität, denn, wie man an meinem Beispiel sieht – Der Weg zum Hauptberuf Schriftsteller kann über diverse Umleitungen führen, während manche Streckenabschnitte unerwartet kurz und direkt verlaufen.

Aber trifft das nicht auf alle Herzenswünsche zu?

Genau so ist es.

Mit den besten Wünschen für die Erfüllung aller vergessener Träume,

Johanna Danninger

(Autorin)

Johanna Danninger, geboren 1985, arbeitete zehn Jahre lang als Krankenschwester, bevor 2014 ihr erster Roman „Vorhofflimmern" erschien. Seitdem hat sie eine ganze Reihe von Liebesromanen und Jugendbüchern veröffentlicht.

Seit 2017 ist sie hauptberuflich Autorin. Sie lebt mit ihrem Mann in Niederbayern.

www.johanna-danninger.de

Chantal Schreiber

Mein Name ist Chantal Schreiber, ich schreibe für Kinder und Jugendliche. Meine erste Schreib-„Station" waren Drehbücher fürs Kinderfernsehen des ORF, dann kamen Jugendbücher, Kinderbücher, Bilderbücher. Dazwischen hab ich zwei romantische Komödien für Erwachsene reingemogelt, das war's aber auch schon. Und ehrlich gesagt, ist es von einem witzig-romantischen Buch für Teenager-Mädchen zu einer „erwachsenen" Rom-Com nur ein ganz kleiner Schritt.

Letztes Jahr, ich jonglierte gerade drei Projekte gleichzeitig (ein Exposé für ein neues Projekt sollte fertig werden, ein Manuskript hatte ich in Arbeit und einen schon lektorierten Text eben zur Überarbeitung erhalten), erhielt ich eine E-Mail von einer befreundeten Illustratorin. Sie hätte gerade das Cover für ein sehr cooles Anthologie-Projekt fertiggestellt, eine Autorin sei ausgefallen, ob ich vielleicht Interesse hätte, einzuspringen.

Das Projekt klang sehr cool. Die Beiträge würden erst in Heftform (immer drei Geschichten in einem Heft), dann komplett in Buchform erscheinen. Es würde nur eine limitierte Auflage geben. Der Clou daran war, dass die Autoren bis zur geplanten Präsentation bei der Leipziger Buchmesse völlig anonym bleiben sollten, und die Leser aufgefordert wurden, zu jeder Geschichte Rückmeldung zu geben, ob sie glaubten, es handle sich um einen Autor oder eine Autorin, allenfalls sogar Tipps abzugeben, falls sie glaubten, die „Erzählstimme" konkret einem bestimmten Autor/einer bestimmten Autorin zuordnen zu können.

Es gibt ja jede Menge Vorurteile, was die Themen angeht, die man Autoren „zutraut", und locker die Hälfte davon sind geschlechtsspezifisch. Frauen können „harte Themen" nicht so gut. Männer sind unromantisch, können sich nicht in Frauen hineinversetzen. AutorInnen, die sich mal in einem neuen Genre ausprobieren wollen, werden von Verlagen häufig genötigt, sich Pseudonyme zuzulegen, weil man ihnen das Neue nicht „abnehmen" würde.

Wollte ich als Jugendbuchautorin beispielsweise einen Spionagethriller oder einen abgedrehten Fantasyroman schreiben, hätte ich dieses Problem bestimmt. Es ging den Herausgeberinnen darum, diese Vorurteile in Frage zu stellen und auszuloten, wie stark „Weiblichkeit" beziehungsweise „Männlichkeit" aus einem Text herauszulesen sind.

Das klang so spannend! Ich fand die Idee total faszinierend und wollte unheimlich gerne mitmachen. Dann legte ich eine mentale Notbremsung ein. Du spinnst ja, warf ich mir selber vor, Du weißt ohnehin schon nicht, wie du deine Deadlines schaffen sollst, und jetzt noch ein weiteres Projekt?

Mit einem ziemlich knappen Zeitrahmen noch dazu, weil ich ja in letzter Minute als Ersatz dazu gestoßen war!

Ich habe mir einen Tag Bedenkzeit erbeten und meinen Kalender studiert. Die Geschichte sollte nicht lang sein und ich schreibe schnell. Ich wusste genau, ich könnte in ein, zwei Tage eine Geschichte schreiben. Sowas kann ich immer noch unterbringen. Die Zeit war es also nicht, oder jedenfalls nicht allein. Meine Intuition hat auch sofort „Ja, ja, ja!" gebrüllt. Was also ließ mich zögern? Ganz einfach: Angst. Es gab kein vorgegebenes Thema, keine Einschränkungen irgendwelcher Art. Ich durfte machen was ich wollte. Die totale Schreib-Freiheit. Das war so verdammt einschüchternd! Wenn ich alles darf, kann ich so viel falsch machen! „Impostor-Syndrome", ein Begriff, der dann auch in meiner Geschichte vorkam. Die Angst, ich könnte als talentlose Dilettantin ertappt werden, als jemand, der gar kein Recht hat, sich Schriftsteller zu nennen. Immerhin habe ich bis jetzt „nur" Kinder- und Jugendbücher geschrieben.

Spätestens, als solche Gedanken in meinem Kopf herumzuspuken begannen, wusste ich, dass ich zusagen musste, schon um mir selbst zu beweisen, dass ich schreiben kann, und zwar alles, was ich will.

Eine Weile ging ich mit der Idee schwanger, die mir ursprünglich gekommen war und entschied mich dann sie doch nicht zu verwenden. Auf den wenigen Seiten, die ich zur Verfügung hatte, konnte ich das, was ich vorhatte, nicht unterbringen. Zu persönlich war es außerdem.

Nun hatte ich nur noch zwei Wochen Zeit und hatte noch nicht mal einen Ansatzpunkt. Dann passierte etwas, das uns allen den Atem raubte. George Floyd wurde ermordet. Niemand konnte den schrecklichen Bildern entkommen, die in diesen Tagen um die Welt ging. Der Polizist, der auf dem Genick eines wehrlosen Mannes kniet. Es ließ mich nicht mehr los. Ich recherchierte zu „systemischem Rassismus" und „weißem Privileg". Ich fand all die anderen Geschichten, all die anderen Namen aus den Monaten und Jahren zuvor. Ich hatte Gespräche mit meiner Tochter, die mir von Erlebnissen schwarzer Mitschüler erzählte.

Meine anderen Projekte lagen auf Eis, ich hatte mein Thema.

Ich schrieb die Geschichte in einem halben Tag, redigierte sie am nächsten, gab sie meiner Tochter zu lesen. „Wow", sagte sie. „Düster. Aber mega gut."

Ein erster Riesenfelsen rollte von meiner Seele. Hatte ich tatsächlich eine gute Geschichte geschrieben? Zu einem völlig neuen Thema, auf völlig andere Art, für ein völlig anderes Publikum als sonst?

Ich hatte trotzdem Magenkrämpfe, als ich die Story abschickte. Zwei Tage später bekam ich begeistertes Feedback von der Herausgeberin und der Lektorin. Außer ein paar Kommas und Wortwiederholungen gab es keine Änderungswünsche.

Ich war erleichtert, aber immer noch nicht überzeugt. Vielleicht sind sie nur höflich. So schnell finden sie jetzt ja nix Anderes mehr.

Das Ganze war ja eine interaktive angelegte Aktion, der Verlag bekam also, was es sonst selten gibt, „Instant-Feedback". Die Geschichte hätte sich zu einem der Publikumslieblinge in der Anthologie entwickelt, hörte ich. Das Buch wurde auf öffentlichen Kanälen vorgestellt, ein Moderator erwähnte meine Geschichte als eines seiner Highlights, ein anderer las sie vor und hatte danach Tränen in den Augen. Ich hörte zu und war fassungslos. Es war wirklich eine gute Geschichte. Ich hatte mich eben selbst zu Tränen gerührt! Und kleiner Bonus am Rande: Die Geschichte konnte geschlechtsspezifisch nicht festgemacht werden.

Natürlich ist öffentliche Anerkennung nicht der Maßstab für die Qualität eines geschriebenen Werkes. Literatur ist Geschmackssache. Meine Geschichte hatte bestimmt auch das Glück, an die richtigen Leser zu geraten.

Was ich von der Episode mitgenommen habe, ist eher das Gegenteil von „Applaus ist schön". Was ich mitgenommen habe, ist: Ich muss als Schriftstellerin Risiken eingehen, ab und zu die eingefahrenen Wege verlassen, und mich selbst überraschen. Und ich muss mich bewegen lassen. Ein Thema, das mich mitten ins Herz trifft (auch und gerade ein „schwieriges" Thema), bewegt auch meine Leser. Und das ist für mein Empfinden gleichzeitig auch das größte Privileg eines schreibenden Menschen: dass ihm Zutritt gestattet wird zu diesen empfindsamen, zutiefst persönlichen Bereichen seiner Leserschaft.

Ich habe mir vorgenommen, persönliche „Schreibzeit" als Fixpunkt in meinen Kalender aufzunehmen, und mehr zu experimentieren. Mich dabei von meiner Intuition leiten zu lassen.

Wenn ich mich davon einschüchtern lasse, dass ich etwas „vielleicht nicht kann", nehme ich mir selbst das Wichtigste am kreativen Prozess: das Spielerische, Neugierige.

Manchmal landet man in völlig neuem Terrain, wenn man über seinen Schatten springt, und das ist gut so.

Chantal Schreiber, Jahrgang 1965, ist eine österreichische Schriftstellerin.

Sie arbeitete in verschiedenen Berufen, bevor 2007 ihr erstes Buch „Allein unter Models" erschien. Seitdem erschienen zahlreiche weitere Bücher sowie Gedichte, Liedtexte, Kurzgeschichten und Drehbücher fürs Fernsehen.

Chantal Schreiber lebt mit ihrer Familien in der Nähe von Wien.

Karin Müller

Gebundene Worte und deren Beginn

Gebunden Worte – beginnen mit einem Buchstaben – nein, mit mehreren davon – und die ergeben dann zusammengefügt gebundene Worte.

Was für ein schöner Gedanke. Aus Buchstaben werden Worte und Sätze, werden Abschnitte und Kapitel und endlich ein Buch. Also ein gebundenes Wörter-Spiel.

In allen Einzelteilen eines Buches steckt eine riesige Energie. Angefangen beim Schreiberling: Vielleicht muss er erst den Bleistift spitzen? Die Tinte aufziehen? Das Aufnahmegerät einschalten? Den Laptop in die Steckdose stöpseln? Oder die Sekretärin rufen? Aber dann ist alles bereit. Es geht los …

Ich lasse Sie mal ein bisschen teilhaben, wie ich das mache. Begleiten Sie mich einfach!

Über den ersten Beginn:

Ich gebe es zu, bei mir sieht der Beginn anders aus. Also anders als bei meinen Kolleginnen und Kollegen. Bei mir ist das nämlich so: Ich lass mich erst mal inspirieren. Lass mich treiben in der Natur. Draußen also. Da, wo der Wind den Kopf durchpustet. Wo die Sonne meine Nasenspitze kitzelt. Die Augen schneebedeckte Gipfel sehen. Oder Schaumkronen auf den Wellen. Da, wo ich besondere Gerüche wahrnehme. Nadelduft liebe ich. Feuchte

Erde auch. Wo ich den Regen auf meiner Zunge schmecke. Dort, wo ich das weiche Moos streichle und mich behütet fühle.

Genau da und nirgends anders, kommen sie. Meine Augen sind geschlossen. Ich fühle. Rieche.

Atme. Atme nochmal und nochmal. Und dann kommen sie, die Gedankenblitze, Ideen, Visionen. Sie sind einfach da. In mir. Wirbeln. Drehen. Schlängeln. Driften. Drängen nach außen.

Ich muss sie nur noch fassen. Festhalten. Notieren.

Ein Griff in die linke Jackentasche zu Miniblock und Bleistift. Ich bin zurück. Lehne mich an einen Baumstamm. Oder sitze auf einem Stein am Bachufer. Noch sind meine Augen fast geschlossen, nur leicht zusammengekniffen. Kritzle meine Erinnerungen nieder. Nichts lenkt mich ab. Der Stift flitzt übers Papier.

Irgendwann sehe ich keine Gedankenblitze mehr. Ich öffne meine Augen wieder vollständig. Atme tief durch. Nehme meine Umgebung mehr und mehr wahr. Stecke Stift und Papier zurück in die linke Jackentasche. Es ist vollbracht. Fürs Erste.

Zuhause schaue ich mir die Worte genauer an. Aha? Interessante Ausbeute. Ich lächle. Gesammelt in der Natur. Und jetzt? Was fange ich denn damit an? Ich schreibe jeden Begriff oder auch Satz auf einen eigenen Zettel. So entsteht ein Sammelsurium. Ein Wirrwarr, wie es scheint.

Da stehen:

Holzhaus – rote Dessous – Edelsteine – lieblos und Liebe - Zirben duften – Bergsee – Kosmetik – Tod - Bäckerin – Wien - wie wächst Speik? – Schönheit – harmonisch – Berghütte – Schatzkammer – geheime Briefe – Opas Schatzsuche – Zusammenhalt …

Mein Hirn arbeitet. Auf jeden Zettel schreibe ich weitere Einfälle und mögliche Zusammenhänge dazu. Es gibt immer mehr Worte. Worte, die ich inhaltlich verbinde. Ich lege ein großes Stück Karton auf den Boden. Lege meine Notizblätter auf. Sortiere. Ordne. Suche Parallelen. Schreibe Ergänzungen. Neue Worte und Sätze fallen mir ein. Bald entsteht ein hübsches Bild. Ein Geflecht, ein Netz. Verbunden mit Pfeilen und Kreisen. Dann hole ich Klebepads. Solche, die man wieder lösen könnte (muss ich selten). Alle Zettel fixiere ich.

Inzwischen sind mehrere Stunden vergangen. Ich trinke gefühlt eimerweise Wasser. Esse Datteln, Nüsse. Ich liebe Cashewkerne. Ziehe Sportschuhe an. Ich muss raus. Raus in die Natur.

Muss laufen. Atme die frische Luft ein. Lächle. Hüpfe. Ernte ein Gänseblümchen und lass es mir schmecken. Ja, wirklich, es schmeckt. Ich genieße das Draußen sein. Die wunderbare Natur. Die Stille. Ich höre ihr zu. Werde immer ruhiger. Nehme gute Energie auf. Dann drehe ich um. Gehe zurück.

Über den zweiten Beginn:

Ich beginne mit dem zweiten Beginn. Suche nach meinen Figuren. Wo ich die herkriege? Völlig einfach. Aus Katalogen. Früher aus dem Quelle- und dem Neckermann-Katalog. Waren ziemlich praktisch gewesen. Dort fand ich auch gleich die ganze Wohnungseinrichtung meiner Protagonisten. Und sooo praktisch: die Kataloge erschienen zweimal jährlich direkt an der Haustür und von ganz alleine. Heute sind Kataloge etwas spärlicher. Okay, Möbelhaus-Prospekte sind wöchentlich im Briefkasten. So viel Möbel kann doch kein Mensch in seinem Leben kaufen, so oft diese Werbeblättchen einen belästigen! Oh, ich bin abgeschweift. Was ich sagen will, ist, ich schnipple meine Figuren für meine Romane einfach aus.

Die Models, egal in welchem Alter sie sind, lächeln immer so nett. Schauen meist verträumt. Lachen. Ihre Lockenhaare wehen im Wind, wenn sie maritime Kleidung tragen. Oder Badeanzüge am Strand. Oder Spitzendessous auf einem Bärenfell. Oder rote Fußnägel in Flip-Flops im grünen Gras. Oder im Wald mit Arbeitskleidung. Ich schneide also die Personen aus, die mir gefallen. Immer wieder dieselben, in anderer Kleidung und mit unterschiedlicher Gesichtsmimik. Wenn die Frühjahr-Sommer-Leutchen vor mir liegen, klebe ich sie auf große Plakatpapiere, sehe sie jederzeit vor mir. Hinterher werden die Plakate mit Reißzwecken an die Wände gedrückt. Fertig.

Prima ist, ich treffe dieselben Leutchen dann wieder im Herbst-Winter-Katalog und die Schnippelei beginnt erneut. Schließlich brauchen meine Figuren ja rund ums Jahr ihre Klamotten. Ich klebe sie dann auf die Rückseite der Plakate.

Oft tue ich mich mit Männern schwer, huch, also ich meine, mit Männer-Figuren! Habe ich das jetzt verständlich ausgedrückt? Also, ich meinte, die Männer-Models sind etwas rar in den heutigen Katalogen. Da muss ich jedes Mal auf die Suche gehen. Aber es gibt sie noch. Ich finde sie in Natur-, Arbeits- und Sportbekleidungs-Katalogen. Oder meine Freundin Ursula ruft an und sagt: „Die OTTO-Männer sind eben gekommen!" Sie weiß, wann ich einen neuen Roman starte, hält dann Ausschau nach Männern für mich.

Wenn ich von meiner Arbeit aufschaue, graust es mich manchmal. Wie es da aussieht! Der Boden ist übersät mit Plakaten und Papierresten, Katalogen, Prospekten, Zeitschriften. Dazwischen steht eine Tasse mit kalt gewordenem Kaffee. Gut, der soll ja noch schön machen.

Ich stehe auf und betrachte. Betrachte, was entstanden ist. Lass es wirken. Warte ab, was für Geistesblitze auftauchen. Stelle den Korbstuhl – es ist Opa Lulus Korbstuhl - an eine andere Stelle und betrachte weiter. Nebenbei läuft Instrumentalmusik. Ganz leise. Das brauche ich zum Denken. Es entwickelt sich was in meinem Hirn. Ich höre es. Sehe es. Ich ordne die Plakate um. Lege meine Figuren in wechselnden Positionen zueinander. Spüre, wie sie miteinander umgehen. Wie sie zueinanderpassen oder auch nicht. Was empfinden sie? Was für Handlungen entstehen? Haben sie

Bestand? Oder sind sie nur flüchtig? Kurzlebig? Alles ist ein Prozess. Es dauert. Es darf reifen. Käse reift auch nicht von jetzt auf sofort …

Über den dritten Beginn:

Berechtigte Frage: Wann fängst du denn endlich an, Buchstaben und Worte zu schreiben? Das kann ich eindeutig nicht beantworten! Künstler eben…

Aber sobald der Reifeprozesse vorangegangen ist, ich Kombinationen sehen und spüren kann, nehme ich meine Notizzettel mit den Worten hervor. Informiere mich ausführlich über diese Worte. Tauche ab ins Internet und in Sachbücher. Nehme Kontakt auf zu Spezialisten. Fahre zu den Schauplätzen. Verweile dort einige Zeit. Entdecke die Regionalitäten. Ich sammle, besorge alles mir interessant Erscheinende. Schreibe unzählige Notizen, schnipple wieder aus, erstelle weitere Plakate.

Recherchieren macht mich froh. Ich lerne viel Neues. Probiere manches selbst aus. Erspüre es.

Für einen meiner Romane vertiefte ich mich in die Welt der Edelsteine. Inzwischen besitze ich eine eigene Schleifmaschine. Sie ist sehr laut. Hab beim Steine schleifen immer meine Ruhe. Keiner stört mich.

Wenn ich glaube, alle Zutaten beieinander zu haben, hole ich einen neuen College-Block aus dem Schrank. Beschrifte ihn mit Roman 8. Setze auf die erste Seite als Überschrift 1. Kapitel. Unten auf das

Blatt schreibe ich eine 1 für die erste Seitenzahl. Alles geschieht andächtig. Ist ja auch ein Neubeginn. Wie der Aufbruch der allerersten Knospe im Apfelgarten meiner Freundin

Birgit. Dann kontrolliere ich den Inhalt der Patrone meines Füllers. Es ist ein besonders schöner.

Auch er ist startklar. Gespitzte Buntstifte liegen bereit. Aber wo bleiben nur meine ersten Buchstaben? Die ersten Worte und Sätze? Sind verschwunden, noch nicht aufgetaucht. Ich sitze da, hab alles um mich herum arrangiert und warte. Gefühlte zehn Minuten. Oh je. Das kann ja heiter werden.

Stehe auf. Koche mir eine Tasse Tee. Schwarztee. Mit Milch und viel Zucker, so wie ihn meine englische Freundin Naomi liebte. Vielleicht brauche ich noch ein paar Nüsse? Ich kippe einige Cashewkerne aus der Packung in ein Schüsselchen. Ich liebe Cashews, seit ich weiß, wie sie wachsen. Stelle sie neben die Teetasse aus feinem Ludwigsburger Porzellan. Richtig stilvoll. Ist schließlich 100 Jahre alt, also sehr kostbar. Von meinen Großeltern. Opa Lulu war damals bei der berittenen Garde unter Herzog Eberhard Ludwig von Württemberg. Ich schwelge in Erinnerungen an Lulu.

Setze mich. Nehme den Füller in die Hand, öffne die Kappe und führe ihn zur ersten Seite. Male unter den Schriftzug, 1. Kapitel, zwei Gänsefüßchen. Im Duden heißen sie Anführungszeichen. Mir gefallen Gänsefüßchen besser! Gut, gut! Ich weiß, was Sie sagen wollen. Sagen Sie es aber lieber nicht! Ich fange bestimmt bald an. Trinke noch einen großen Schluck Schwarztee und spüre dem süßen Zuckergeschmack auf der Zunge nach. Köstlich. Jetzt noch drei Cashewkerne und dann los …

Der Start ist geglückt! Ich bin froh. Der restliche Tee wurde kalt. Die Cashews blieben unangetastet. Habe sie einfach vergessen.

Der Füller rauscht übers Papier. Füllt die Seiten. Ergänzt unten die weiterführenden Seitenzahlen. Mein Kopf schaut regelmäßig die Wandplakate an. Mein Hirn nimmt Kontakt zu den Ausgeschnittenen auf. Liest in ihren Gesichtern. In ihren Haltungen. Verinnerlicht. Lässt sie miteinander reden. Fügt diese Gespräche zusammen. Übergibt sie meiner Hand, die den Füller führt und alles niederschreibt. Sooo einfach?!!! Das fragen Sie jetzt aber nicht ernsthaft?!!!

Dazwischen dreht sich mein Kopf immer wieder, schaut auf die weiteren Plakate am Fußboden. Der ist übersät damit. Da liegen sie, die Themen-Plakate. Eines zum großen Ludwigsburger Residenzschloss. Eines zum Schloss Monrepos und Favoritenpark. Zum Blühenden Barock und Märchengarten. Eines zu Kürbis. Kürbis? Aber ja doch – Kürbis! Die weltgrößte Kürbis-Ausstellung ist in Ludwigsburg. Im Schlosspark. Jedes Jahr von Spätsommer bis Herbst. Was für eine riesige Farben- und Formenpracht. Und schwer sind sie. Manche haben über 1000 Kilogramm. Ich staune nur.

Und was lässt sich dort mit meinen Plakat-Protagonisten alles erleben? Das muss faszinierend sein, sie durch den Schlossgarten zu begleiten. Ich sehe sie vor mir. Zu jeder Jahres- und Tageszeit. Was alles verbindet sie mit dieser Parkanlage? Was für Geschichten tragen sie mit sich herum? Welchen ranken um sie? Und wie glänzen doch die Protagonistenkinderaugen? Die Gedanken formen sich zu vielen Ideen. Es schwirren Visionen in meinem Hirn herum. Es kreiert Sätze, Abschnitte, Kapitel. Und ich bin mittendrin! So entstehen meine Handlungen. Einzelhandlungen, die zu einer Gesamthandlung werden. Alles ineinanderfließend. Manche Stellen müssen unbedingt unharmonisch und unromantisch sein. Sonst wirds ja langweilig!

Also fällt der kleine Max mal kurzerhand in den Schüssele-See. Der ist sicher nicht so arg tief!

Hoffe ich mal. Oder das barocke Kleid der hübschen Schlossführerin reißt an einem abstehenden Nagel mitten in der ehemaligen Gesindeküche. Oder aus der Orangerie werden seltene Orchideen geklaut. Oder im Tal der Vogelstimmen erhält Gerda ihren ersten Kuss von Hartmut? Oder dem Kürbissuppenkoch ist aus Versehen die ganze Salzpackung in den Topf gefallen. Hat damit 200 Suppenportionen versaut! Weil er vielleicht verliebt ist? Oder ist er so aufgeregt vor der Teilnahme bei der Kürbisregatta? …

Hach ja, ist es nicht herrlich, sich kleine Geschichten auszudenken! Und diese dann zusammenzufügen für eine ganz große Story. Geschichten, die aus Buchstaben, aus Worten und Sätzen entstehen und später zu gebunden Worten verarbeitet werden.

Karin Müller, geboren 1967, schreibt unter den Pseudonymen Robin Lyall und Karin M. Anders.

Nach einem Studium der angewandten Kulturwissenschaften arbeitete sie als Lokaljournalistin.

1998 erschien ihr erstes Kinderbuch „Der Änderling", seitdem folgten zahlreiche weitere Kinder- und Jugendbücher sowie Sachbücher und Ratgeber.

Altraverse-Verlag

Beitrag 1

Was ist Ihre Aufgabe im Verlag?

Ich bin Herstellerin, gestalte Cover, Logos, Werbemittel und bearbeite zusammen mit der Redaktion den Inhalt unserer Manga.

Warum haben Sie sich für diesen Beruf entschieden?

Weil ich schon immer etwas mit Büchern machen wollte und privat sehr gerne lese.

Was mögen Sie am meisten an Ihrem Beruf?

Das Gestalten von Covern, Logos, Werbemitteln, neue Dinge schauen, das gedruckte Produkt in den Händen halten.

Endet Ihr Arbeitstag, wenn Sie nach Hause kommen oder beschäftigen Sie sich auch noch zu Hause mit der Arbeit?

Da ich privat auch sehr gerne Mangas/Bücher lese, beschäftige ich mich auch zu Hause mit der Arbeit. Manchmal fällt einem an einem anderen Buch etwas cooles auf, was man selbst gerne für die eigenen Produktionen verwenden möchte.

Lesen Sie auch privat viel?

Ja! Ich habe sehr viele Bücher.

Wie viele Manuskripte bearbeiten Sie im Jahr?

Im Durchschnitt bearbeitet jeder in der Herstellung 5 Titel im Monat.

Würden Sie sich noch einmal für den Beruf entscheiden, wenn Sie Wahl hätten?

Auf jeden Fall!

Warum sind Sie genau bei diesem Verlag?

Weil mich sowohl das Programm als auch das Menschliche sofort überzeugt hat.

Was ist Ihr Lieblings Genre?

Krimis/Thriller und Romance vielleicht auch Mystery.

Beitrag 2

Was ist Ihre Aufgabe im Verlag?

Ich arbeite im Vertrieb eines Comicverlags und sorge dafür, dass unsere Bücher in den Handel kommen.

Wie sind Sie zu Ihrem Beruf gekommen?

Ich wollte immer etwas mit Büchern machen, am liebsten Kinder- und Jugendbuch. Vertrieb war da eher Zufall, eigentlich wollte ich Buchherstellerin werden, aber dafür reichte mein technisches Verständnis leider nicht. ☹ Aber nach mittlerweile gut 15 Jahren Vertriebserfahrung liebe ich meinen

Beruf, denn tatsächlich ist jeder Tag anders, da ich mit enorm vielen verschiedenen Kunden zu tun habe.

Wie sieht Ihr Berufsalltag aus?

Wie gesagt – im Vertrieb ist jeder Tag anders. Neben der Betreuung der Kunden aus allen Absatzkanälen (Bearbeitung von Anfragen, Bestellungen, Reklamationen, Remissionen etc.) kümmere ich mich noch um die Kommunikation und Logistik mit der Auslieferung sowie der Meldung unserer Titel an alle gängigen Datenbanken.

Was mögen Sie am meisten an Ihrem Beruf?

Den (guten) Kontakt zu unseren Kunden – egal, ob groß oder klein.

Endet Ihr Arbeitstag, wenn Sie nach Hause kommen oder beschäftigen Sie sich auch noch zu Hause mit der Arbeit?

Da mir unsere Kunden und das Team sehr am Herzen liegen, fällt es manchmal schwer, abzuschalten. Und gerade wenn man abends zur Ruhe kommt, fallen einem Dinge ein, die man vielleicht anders oder besser machen kann. Ich glaube, das geht jedem so, der für ein Thema brennt.

Lesen Sie auch privat viel?

Das hat mit dem Buchjob ehrlicherweise eher ab- als zugenommen. Aber generell: ja.

Woran erkennt man ein gutes Buch?

Dass es einen packt und man es nicht weglegen kann. Wenn ich nach den ersten 10 Seiten neugierig weiterlese und auf Seite 30 immer noch begeistert bin – dann ist es für mich ein gutes Buch.

Würden Sie sich noch einmal für den Beruf entscheiden, wenn Sie Wahl hätten?

Jein. Könnte ich meinen Berufsweg neu einschlagen, würde ich mein Lieblingsfächer Geschichte und Politik studieren – und danach vermutlich in einem Sachbuchverlag mit genau diesen Themenschwerpunkten arbeiten.

Warum sind Sie genau bei diesem Verlag?

Vornehmlich sind es das Team und die Themen bzw. die ‚bunte‘ Zielgruppe – und dass war mir vor zwei Jahren so wichtig, dass ich meine unbefristete Festanstellung in einem anderen Verlag aufgegeben habe und mich auf dieses neue Abenteuer eingelassen habe. Keiner von uns wusste damals, wo die Reise hingeht. Und mittlerweile machen wir seit 2018 erfolgreich Manga und ich habe meine Entscheidung bisher nicht bereut.

Was ist Ihr Lieblings Genre?

Im Manga-Bereich? Ich denke, Slice of Life und Comedy. Sonst ist es wohl am ehesten Sachbuch zu Geschichte, Politik und gesellschaftskritischen Themen.

Was war Ihr schönstes Erlebnis bisher?

Die Präsentation der ersten 5 druckfrischen Manga auf der Leipziger Buchmesse 2018. Das war wirklich aufregend, weil wir – völlig neu am Markt – nicht wussten, was uns erwartet. Und umso schöner war es dann, als es funktioniert hat.

Können Sie eine kleine Anekdote aus Ihrem Berufsleben erzählen?

Vielleicht, als ich als blutige Anfängerin mit einem anderen Verlag einmal auf der Frankfurter Buchmesse war und plötzlich die thailändische Prinzessin samt Kamerateam zu uns an den Stand kam. Meine KollegInnen hatten mich kurz zuvor allein gelassen mit den Worten ‚ist ja gerade nicht so viel los…' – Damals hat mich das in jeglicher Hinsicht völlig überfordert, jetzt kann ich Gott sein Dank darüber lachen.

Beitrag 3

Was ist Ihre Aufgabe im Verlag?

Als Product Manager bin ich neben der Programmplanung und Planung von Produkten auch für die Redaktion in unserem Haus verantwortlich.

Warum haben Sie sich für diesen Beruf entschieden?

Um es kurz zu fassen: Meine Liebe zu gutem Content. Seit meiner Kindheit hege ich eine große Leidenschaft für viele Unterhaltungsformen, aber vor allem Comics haben es mir angetan. Schon als Kind blätterte ich begeistert in den frankobelgischen Comics meines Vaters und seitdem habe ich nie wirklich aufgehört. Dragon Ball und andere Anime haben dann dafür gesorgt, dass ich nach Japan schaute und seitdem wollte ich immer Redakteur in einem Manga-Verlag werden. Irgendwie hat es dann tatsächlich geklappt.

Wie sind Sie zu Ihrem Beruf gekommen?

Mithilfe der richtigen Kontakte. Während meines Studiums habe ich als Aushilfe in einem Comicladen gearbeitet. Dort habe ich dann irgendwann einmal gesagt, dass ich zu gerne wissen würde, wie die deutsche Adaption eines Manga entsteht und meine Chefin dort hat mir dann den Kontakt zu einem Mangaverlag gebaut, bei dem ich im Anschluss ein Praktikum machte. Der Chef eben jenes Verlags hat mir danach einen Job angeboten, aber ich lehnte mit der Begründung ab, dass ich vorher gerne noch einmal nach Japan gehen würde. Das tat ich dann auch, aber der Kontakt zu dem Chef des Verlags riss nie ab und nach meinem Japanaufenthalt bot er mir erneut einen Job an und ich nahm an.

Wie sieht Ihr Berufsalltag aus?

Die Arbeit eines Manga-Redakteur besteht vor allem aus koordinieren und redigieren. Bei mir kommt dann noch viel interne Planung hinsichtlich von Strategie hinzu. In Zeiten von Corona findet das allem vor allem digital statt, weshalb die sowieso schon viele Arbeit am Tisch noch mehr geworden ist. Leider fallen derzeit auch die Messen weg, die sonst bei uns immer eine sehr große Rolle gespielt haben und immer eine willkommene Abwechslung vom Arbeitsalltag waren.

Was mögen Sie am meisten an Ihrem Beruf?

Mir gefällt vor allem das Entdecken von spannenden Stoffen und die Arbeit, eben jene den deutschen Lesern in möglichst erfrischenden und aufregenden Formen nahezulegen.

Was gefällt Ihnen am wenigsten?

Das viele Gemaile, aber ich verstehe, dass das notwendig ist.

Endet Ihr Arbeitstag, wenn Sie nach Hause kommen oder beschäftigen Sie sich auch noch zu Hause mit der Arbeit?

Ich beschäftige mich auch sehr viel daheim mit der Arbeit. Das mag aber auch daran liegen, dass der Beruf für mich viel mehr als nur ein Beruf ist.

Lesen Sie auch privat viel?

Ja, vor allem digital.

Woran erkennt man ein gutes Buch?

An seinem packenden Inhalt und – insofern es sich um ein gedrucktes Buch handelt – an seiner liebevollen Aufmachung, die sein Inneres widerspiegelt.

Wie viele Manuskripte bearbeiten Sie im Jahr?

Ungefähr 60 Stück.

Würden Sie sich noch einmal für den Beruf entscheiden, wenn Sie Wahl hätten?

Ja, sehr wahrscheinlich.

Warum sind Sie genau bei diesem Verlag?

Vor allem wegen der großartigen Geschäftsführung.

Was ist Ihr Lieblings Genre?

Solange es eine packende Geschichte ist, lese ich alles gern. Derzeit mache ich aber eine DarkFantasy-Phase durch.

Was war Ihr schönstes Erlebnis bisher?

Als wir auf der Leipziger Buchmesse unsere ersten Produkte der Öffentlichkeit vorstellen durften und die direkten Reaktionen der Kunden sehen konnten.

Können Sie eine kleine Anekdote aus Ihrem Berufsleben erzählen?

Auch wenn ich noch nicht zu den Veteranen der Industrie gehöre, hat mir mein Beruf bereits viele wunderbare Anekdoten geschenkt und ich kann mich einfach nicht entscheiden, deshalb belasse ich es einfach dabei, dass jeder Tag im Büro bereits ein Abenteuer bei uns ist.

Wie kommt man von der Idee hin bis zum Buch?

Teamwork und Leidenschaft.

In welche Schritte oder Vorgänge bei der Entstehung und dem Vertrieb eines Buches sind Sie beteiligt?

Konzeption, Entwicklung, Produktion und der Vermarktung.

Beitrag 4

Mein Name ist Katrin, ich bin Marketing Managerin bei dem Mangaverlag altraverse. Meine Hauptaufgaben sind die Messeplanung (die im Jahr 2020 ein bisschen zu kurz kam), sowie Print- und Onlinemarketing. Ich steh mit unseren Werbepartnern in Kontakt und habe ein Auge darauf, was in der ganzen Marketingabteilung passiert. Bei altraverse bin ich seit 2018.

Wie sind Sie zu Ihrem Beruf gekommen?

Ich habe Germanistik in Frankfurt am Main studiert und hatte einen großartigen Dozenten, dessen Forschungsschwerpunkt auf Comics und Manga lag. Ich habe relativ früh meinen Studienfokus auf diese Themen gelegt und war mir dann sicher, dass ich in dem Bereich arbeiten möchte. Nach meinem Bachelor habe ich mich für Praktika in verschiedenen Comicverlagen beworben und ein Volontariat bei Tokypop bekommen. Dort wurde ich 2015 im Marketing übernommen und habe drei Jahre später zu altraverse gewechselt.

Was mögen Sie am meisten an Ihrem Beruf?

Die Interaktion mit der Community, die unsere Bücher liest. Egal, ob es auf Messen in Person ist oder über Social Media und E-Mail. Es ist richtig cool, wie leidenschaftlich Mangaleser sind und mit wie viel Elan und Begeisterung sie alle unsere Produkte aufnehmen. Ansonsten ist auch der kreative Prozess, wenn man sich neue Werbemittel oder Onlinekampagnen ausdenken kann, ein sehr schöner Punkt meiner Arbeit.

Endet Ihr Arbeitstag, wenn Sie nach Hause kommen oder beschäftigen Sie sich auch noch zu Hause mit der Arbeit?

Manche Tage so, andere Tage so. Kurz vor Messen und Conventions dreht sich mein ganzer Kopf um Dinge, die noch erledigt werden müssen; Dinge, die ich vergessen haben könnte; Dinge, die noch schief gehen können. Dann schlaf ich manchmal auch sehr schlecht. Ansonsten sind es eher so Kleinigkeiten. Letztens habe ich im Supermarkt eine super Verpackung und Werbedisplay für Chicorée gesehen und dachte „Hah, das wäre doch super für uns, wenn wir Merchandise machen."

Lesen Sie auch privat viel?

Ich lese leider nicht mehr so viel privat wie ich gerne würde. Aber ich habe dieses Jahr Hörbücher für mich entdeckt und so einige Bücher nachgeholt, die ich schon lange Mal lesen wollte. Ansonsten lese ich gerne Bücher von David Mitchell und Stephen King. Das bisschen, was ich lese, lade ich mir selber hoch.

altraverse

„Wir haben uns vorgenommen, die Welt der Manga im deutschsprachigen Markt noch einmal ordentlich durcheinanderzuwirbeln. Unser Team besteht aus einer Gruppe von Leuten, die schon seit einigen Jahren in der Mangawelt aktiv sind und es nicht lassen konnten, noch einmal ganz von vorne anzufangen.

Wir lieben Manga – in Form von Büchern, aber auch in allen anderen Formen.

Während die Charaktere aus der Welt der Manga in Japan in vielen unterschiedlichen Formen präsentiert werden und durch zahllose Fanartikel zu einem Stück Alltagskultur für ihre Leser geworden sind, ist das legale Angebot an Fanartikeln in Europa noch immer vor allem auf Bücher und Trickfilme beschränkt. altraverse will das ändern und die Türen der Mangawelt auch hierzulande für neue Produkte und neue Zielgruppen öffnen. Bücher und digital erzählte Geschichten im Zentrum von 360-Grad-Lebenswelten – das wollen wir Schritt für Schritt umsetzen.“

https://altraverse.de

Christian Linker

Ein Rundumschlag

Diese Publikumsfrage gehört so zwangsläufig zu Autor*innen-Lesungen dazu wie Wasserglas und Mikrofonprobe: „Warum schreiben Sie Bücher?"

Ich gebe zu, dass ich auch nach zwanzig Jahren in diesem Geschäft noch keine gute Antwort gefunden habe. Ich würde gern sagen: „Ich schreibe Bücher, um meine Villa mit Swimmingpool zu finanzieren."

Doch leider habe ich keine Villa und keinen Pool, es reicht eher gerade so. Und die Wahrheit wäre vermutlich eher die, dass ich mit dem Schreiben angefangen habe, um die Bücher zu verfassen, die ich selbst gerne lesen wollte. Aber auch das sage ich in der Regel nicht. Denn ich schreibe hauptsächlich Jugendromane und darum lese ich hauptsächlich für Schulklassen, und Schulen laden Autor*innen ein, weil sie sich davon einen Impuls für die Leseförderung versprechen. Wenn ich also Lust aufs Lesen wecken will – und zwar generell, nicht nur auf meine eigenen Bücher, dann sollte ich weniger fatalistisch klingen.

Ich winde mich also immer ein bisschen bei dieser Frage und versuche dann an anderer Stelle darauf hinzuweisen, wie viele wundervolle Bücher es gibt, und dass man sie nicht nur beim großen Onlinehändler mit A. kaufen kann, sondern auch und vor allem beim Buchladen um die Ecke. Und inzwischen ist es ja auch tatsächlich so, dass ich (heute wieder) mehr lese als zu der Zeit, in der ich mit dem Schreiben begann.

Mit etwa vierzehn Jahren hatte ich, nachdem ich als Leserattenkind meiner Generation mit Karl May und den Drei Fragezeichen und den Fünf Freunden aufgewachsen war, das Lesen zugunsten von „Sid Meier's Pirates" und anderen C64-Games mehr oder minder eingestellt. Trotzdem war da in mir die Sehnsucht nach Geschichten, und die habe ich an vielen verregneten Nachmittagen in zig Schulhefte gekritzelt, getreu dem vielzitierten Tucholsky-Verdikt: „Das bisschen, was ich lese, schreib ich mir selbst."

Romantisch klingelt die Buchhandlungstür

Ich hielt mich mit meinem Geschichtenschreiben für einen seltsamen Eigenbrötler, denn es gab noch keine Plattformen wie Wattpad, wo heute tausende Jugendliche in überbordenden Fantasy-Fanfiction-Heptalogien eigene Welten kreieren und neue Communitys bilden. Und keine Verkaufsplattformen, wo erwachsenen Hobbyautor*innen ihre Bücher via BoD oder gleich als reine E-Books, oft zu Dumpingpreisen, unter die Leute zu bringen hoffen. Das ist heute anders.

Die Buchhandelsfachzeitschrift „Buchreport" sprach schon 2018 von Selfpublishing als „Massenbewegung". All diese schreibenden Menschen markieren einen schönen Kontrast zu dem seit Jahren angekündigten baldigen Tod des Buches.

Wenn ich mich so umschaue, denke ich, dass vermutlich noch nie so viel geschrieben wurde wie heute. Das aber lässt umgekehrt den alten Buchmesseseufzer umso lauter klingen: „Wer soll das bloß alles lesen?"

Und mit Recht. Denn wie überall, wo Algorithmen ihre unergründliche Arbeit verrichten, laufen wir User*innen auch beim Lesen Gefahr, uns irgendwann im Kreis zu drehen, weil wir immer mehr Ähnliches vom immer Gleichen angeboten bekommen. Kunden, die X kauften, kauften auch Y. Beziehungsweise eher nicht Y, sondern bloß X.1, X.2, X.3 und so weiter.

Ich wollte an dieser Stelle noch zu einem schönen Rundumschlag gegen die geradezu pandemische Kostenlos-Unkultur im Internet ausholen, da fiel mir noch rechtzeitig ein, dass ich diesen Text hier gerade auch kostenlos schreibe. Was eigentlich meinem Berufsethos zuwiderläuft, und was ich darum auch eigentlich fast nie mache. Dieses Buch aber, das Sie, geneigte*r Leser*in in diesem Augenblick in Händen halten, ist für mich eine Ausnahme, weil es von angehenden Buchhändler*innen herausgegeben wird – und das sind imho die einzigen Menschen, die uns alle vor der ewigen selbstreflexiven Karussellfahrt aus Nullen und Einsen werden erretten können. Denn wer durch die (romantisch-leise klingelnde?) Tür einer inhaber*innengeführten Buchhandlung tritt, tut damit zugleich den Schritt hinaus aus der eigenen literarischen Filterblase, denn hier im Laden gibt es Ideen und Inspiration, Beratung und tolle Tipps für Bücher und Geschichten, nach denen wir gar nicht gesucht haben, weil wir ja nicht ahnen konnten, dass sie überhaupt existieren.

„Ich hätte hier mal was völlig anderes für Sie."

Okay, okay, fairerweise sollte ich erwähnen, dass auch die professionelle Literaturkritik und ihre kleinen aber hübschen jüngeren Geschwister Bookstagram und BookTube in der Lage sind, die Blase dann und wann anzupieksen. Und für mich als Autor ist es ein tolles Gefühl, wenn engagierte Menschen meine Bücher auf YouTube oder Instagram besprechen oder sogar der „Büchermarkt" im Deutschlandfunk oder das Feuilleton der Süddeutschen Zeitung meine Werke ein paar ihrer Zeilen oder Sendeminuten als würdig erachten. Aber das Herz schlägt mir dann doch jedes Mal höher, wenn ich in einer fremden Stadt einen fremden Buchladen betrete und eines meiner Bücher dort liegen sehe, physisch, zum Anfassen. Und da man einen Buchladen niemals ohne Buch wieder verlassen darf (widrigenfalls man laut alter Sage diversen Flüchen wie Tropf- und Hühneraugen anheimfällt), sehe ich mich um und kaufe eines (natürlich nicht meines, dafür wäre selbst ich mir zu schade). Und zwar am liebsten auf Empfehlung. Das Urteil von Buchhändler*innen erscheint mir vertrauenswürdiger als tausend Fünf-Sterne-Rezensionen (von denen die Hälfte ja auch nicht das Buch meint, sondern Güte und Tempo des Zustellvorgangs á la: „Buch kam schon am nächsten Tag! Super! Volle Punktzahl!"). Noch nie habe ich in einer Online-Plattform den Satz gelesen: „Ich hätte hier mal was völlig anderes für Sie."

Das können die Algorithmen nämlich nicht – überraschen und Horizonte öffnen.

Vielleicht ist das eine gute Antwort, die ich demnächst geben werde: „Ich schreibe Bücher, damit ich sie im Buchladen liegen sehe, weil ich dann im Laden Lust auf andere Bücher kriege."

Nee, das klingt komisch. Aber wir haben ja noch Lockdown, die nächsten Lesungen liegen noch ferne, ich habe also noch etwas Zeit, an der Antwort zu feilen. Und zwischendurch lese ich was, womit ich nicht gerechnet hätte. Empfohlen von meinem Buchhändler. Und wer, verehrte*r Leser*in, hat Ihnen eigentlich dieses Buch hier empfohlen?

Christian Linker, 46, schreibt Bücher für Jugendliche, Kinder und Erwachsene. Zuletzt erschien von ihm der Gesellschaftsroman „Toxische Macht" im dtv-Verlag.

220

Tobias Elsäßer

"Das ist doch bestimmt eine gute Zeit für dich", sagen die Menschen, „Du bist doch Autor. Du kannst das doch, alleine zu Hause am Schreibtisch sitzen, tagein tagaus. Ist ja quasi dein Beruf, sich zurückzuziehen. Wie läuft es denn? Schon was Neues in Planung? Vielleicht über dieses Jahr? Corona? Eine Dystopie? Musst ja eigentlich nur aufschreiben, was passiert.

Da draußen. In der Welt. Das wollen die Leute bestimmt irgendwann lesen, wenn es vorbei ist, oder nicht?"

Eher nicht, denke ich als ich von Freunden, Bekannten, Zufallsbegegnungen immer dieselbe stille Bewunderung erfahre. Ja, Homeoffice ist für Menschen, die Schreiben (auch wenn sie es nur in einem Anflug von Ironie so nennen würden) Alltag. Ja, sie wissen, wie sich das Alleinsein anfühlt. Auch die Einsamkeit, das abgeschnitten sein von der rastlosen Welt ist ihnen nicht fremd.

Aber genau darin liegt das Problem: Menschen, die schreiben, schauen nicht selten in den Spiegel ihrer Seele. Sie wissen wie verwundbar wir alle sind. Sie wissen, wie es ist, Kontakte einzuschränken oder zu meiden. Nicht aus Gründen der Ansteckung, sondern weil man lieber mit seinen Romanfiguren zusammen ist. Weil man sie besser versteht, ihr Handeln einordnen kann und sie nicht beleidigt sind, wenn man mit den Gedanken abschweift, sie gar mitten im Satz stehen lässt, wenn man nicht gut drauf ist, weil das Gut-Drauf-Sein gesellschaftlich erwartet und durch unzählige Feste und Events gefördert wird. Vor Corona. Ja, vor Corona war das so, dass Melancholie keinen Platz mehr hatte, dass zu tiefes Denken sofort mit einer aufkeimenden Depression gleichgesetzt wurde. Dass scheinbares Glück dem echten Glück den Rang abgelaufen hatte. Und jetzt? Jetzt müssen alle in den Spiegel sehen, reflektieren, warten auf das Ende der Pandemie und sich fragen, wie das Danach aussehen soll. Ob der eingeschlagene Weg der richtige ist? Ob der Partner, die Partnerin noch zu einem passt. Ob das neue Auto die Schulden auf der Bank wert ist. Ob es die eigenen Eltern besser oder schlechter hatten. Ob es okay ist, dass jetzt alles online passiert. Auch die Liebe, das Verlangen ja eh schon.

Und was macht der schreibende Mensch? Er sitzt da, trinkt seinen Kaffee und spürt die Angst in seinen Körper kriechen. Er denkt, aber er schreibt nicht. Die neue Stille, die da draußen auf den Straßen, in den Einkaufspassagen und auf dem Spielplatz vor dem Haus. Die quält. Die hilft nicht dabei, Neues hervorzubringen. Die verunsichert nur. Die macht sprachlos. Diese neue Stille ist kein Nährboden für neue Geschichten. Sie ist einfach nur lähmend, weil sie nicht aufhört, wenn man das Haus verlässt.

Weil sie einem vorführt, wie verletztlich der Mensch ist und wie machtlos wir alle, wenn das Leben Geschichte wird.

Tobias Elsäßer, Jahrgang 1973, ist Autor, Musiker und Songwriter.

Nach einer Karriere als Sänger und seiner Arbeit als Redakteur und Moderator beim Fernsehen veröffentlichte er 2004 seinen teilweise autobiografischen Debütroman „Boygroup". Seitdem erschienen weitere Jugendbücher, in denen die Musik häufig eine wichtige Rolle spielt.

Neben dem schreiben und komponieren leitet er heute Workshops für Kinder, Jugendliche und Erwachsene und arbeitet als Dozent.

Isabel Abedi

Bücher als Tür zu einer anderen Welt

Es gibt ein Foto aus meiner Kindheit, auf dem ich, vier- oder fünfjährig, auf dem Schoß meines Großvaters sitze. Mein Großvater sitzt im Schaukelstuhl, hinter ihm steht das große, braune Bücherregal, das die gesamte Wand unseres Wohnzimmers ausfüllte, inmitten der Bücher tickt die goldene Wanduhr.

Mein Großvater hält ein Bilderbuch in der Hand, sein Mund ist geöffnet, offensichtlich liest er mir gerade aus dem Buch vor. Ich erinnere mich nicht daran, welche Geschichte es war, ich erinnere mich auch nicht daran, wie mein Großvater mir aus diesem Buch vorlas, aber wenn ich auf mein Kindergesicht, besonders auf meine Augen, schaue, dann sehe ich, dass ich tief in der Geschichte versunken bin, und all das, was um mich herum existiert, ausgeblendet habe.

Bücher waren ein prägender Teil meiner Kindheit. Mein Großvater, in dessen Haus ich aufwuchs, und der durch ein frühes Herzleiden bereits pensioniert war, las den ganzen Tag und abends im Bett, er konnte diagonal lesen, was mich als Kind schwer beeindruckt hat.

Auch meine Mutter, bei der ich die Wochenenden verbrachte, war eine leidenschaftliche Leserin, Vorleserin und später, als ich selbst anfing, Bücher zu schreiben, Buchhändlerin.

Von ihr bekam ich die Bücher von Astrid Lindgren, Christine Nöstlinger, Michael Ende und zum Teil auch Bücher aus ihrer eigenen Kindheit, den Trotzkopf, das Nesthäkchen, die Märchen von Hans Christian Andersen, den Gebrüdern Grimm und Ernst Wiechert, und, wenn auch widerwillig, die Bücher von Enid Blyton, die meine Mutter als grauenhaften Kitsch bezeichnete, und die ich heiß und innig liebte.

Ich wurde zur Leserin, weil ich umgeben war von Menschen, die Bücher liebten, und die es liebten, Geschichten zu teilen, vorzulesen, zu verschenken, darüber zu sprechen oder zu streiten.

Vor allem aber wurde ich zur Leserin und später zur Schriftstellerin von Kinder- und Jugendbüchern, weil ich in meiner Kindheit entdeckte, dass es eine Tür zu einer anderen Welt gibt, und dass der goldene Schlüssel zu dieser Tür Lesen heißt.

„Warum sind Bücher wichtig?", werde ich oft gefragt.

Beantworten kann ich das natürlich nur subjektiv und habe das einmal getan, als ich über eine Figur sinniert habe, für die Lesen wichtig ist. Diese Figur bin nicht ich, aber was sie empfindet, das teile ich.

Ich liebe Geschichten. Ich kann in sie hinein gehen und mich darin verstecken, so tief, dass mich keiner findet. Früher habe ich das oft gemacht. Zum Beispiel, wenn ich zur Schule oder an einen anderen Ort musste, an dem ich nicht gern sein wollte. Oder wenn Mama mich zum Abendessen rief, aber dann kein Wort mit mir sprach, weil sie traurig oder wütend oder beides zusammen war, und es in der Küche so still wurde, dass sich bei jedem Bissen meine Kehle zuschnürte. Dann ließ ich einfach einen Teil von mir in der Geschichte zurück, und dort ging es mir gut. Es war dafür nicht wichtig, dass es in der Geschichte gut zuging und die Menschen darin lieb zueinander waren. Die Geschichte konnte traurig, spannend oder gefährlich sein. Es konnte Ungeheuer geben, Hexen oder grausame Eltern, die ihre Kinder im Wald aussetzen, weil sie nicht genug zu essen hatten. Ich fühlte dann zwar die Angst der Kinder, ihr Heimweh oder ihre Einsamkeit. Aber ich selbst war in Sicherheit, und ich fühlte mich nicht allein, weil ich bei ihnen sein und mit ihnen mitfühlen konnte, ohne etwas dafür tun zu müssen oder mich einzumischen. Die Menschen in den Geschichten mischten sich ja auch nicht in meine Geschichte ein. Sie schrieben mir etwas auf, aber sie schrieben mir nichts vor, sondern ließen mich selbst entscheiden, was ich mit dem Gelesenen anfangen wollte. An Geschichten in Büchern mag ich auch, dass die Menschen darin nicht böse oder beleidigt sind, wenn ich einen Satz nicht verstehe und ihn deshalb mehrmals lesen muss. Oder wenn ich mitten im Satz merke, dass ich nicht weiterlesen will. Eine Geschichte lässt mich hinein, wann immer ich will, und sie lässt mich hinaus, wann immer ich nicht mehr will. Deshalb vertraute ich den Menschen in Geschichten mehr als den Menschen im richtigen Leben.

Ich erfuhr nicht nur, was sie sagten, sondern auch, was sie dachten. Und ich stellte fest, dass man etwas sagen kann und dabei genau das Gegenteil denkt.

Ich bin mit Geschichten aufgewachsen, sie haben mich geprägt, getröstet, bereichert, aufgewühlt, verstört, beruhigt, beglückt und begleitet.

Und tun es noch.

Lesen behaust mich, auch in den Phasen, in denen ich mich in meinem eigenen Leben nicht zuhause fühle, oder auf Reisen bin, oder sinnbildlich vor der verschlossenen Tür eines Problems stehe.

Die Tür zu Geschichten kann ich immer öffnen – und manchmal finde ich in ihnen auch goldene Schlüssel, die ich für mein eigenes Leben nutzen kann.

Dieser Text erschien erstmals in der „Weihnachtsgabe des Germanistischen Seminars" mit dem Titel „Von Kindheit an ist Lesen Vorbereitung auf das Leben - Lesegeschichten von Autorinnen und Autoren". Hgg. von Bastian Dewenter, Jana Mikota und Nadine J. Schmidt.

Isabel Abedi, geboren 1967 in München, wuchs in Düsseldorf auf und ging nach dem Abitur für ein Praktikum in der Filmproduktion nach L.A. Danach arbeitete sie dreizehn Jahre lang in Hamburg als Werbetexterin und schrieb nebenbei Kinder- und Jugendbücher. Inzwischen schreibt sie als freie Autorin für mehrere Verlage. Ihre Bücher sind mit mehreren Preisen ausgezeichnet worden. Isabel Abedi lebt mit ihrer Familie in Hamburg.

Deike Sophie Wendt

Ich stehe nun am Ende meiner Ausbildung zur Buchhändlerin und manchmal frage ich mich, wie bin ich eigentlich hierhergekommen? Wenn ich ganz ehrlich bin, weiß ich das auch nicht so genau – was ich weiß ist aber, dass ich hier nie wieder weg möchte!

Im Jahr 2017 grade 18 Jahre alt, Abi-Zeugnis druckfrisch in den Händen und alle Türen weit offen. Doch was nun? Weg von hier, vom Dorf, vom Land. Weg von der Kleinstadt, in der ich zur Schule gegangen bin. Was von der Welt sehen. Und studieren. Studieren – weil man das halt so macht, wenn man noch nicht weiß, was man vom Leben möchte. Alles was ich wusste, es wird was mit Büchern. Sprache, Geschichten, Literatur, schöne Worte – warum? Weil ich mich schon immer in Geschichten zuhause gefühlt habe. Worte halten eine Art Magie für mich inne, die mir bis heute unbeschreiblich vorkommt. Ohne Buch in der Tasche bin ich nie vor die Tür gegangen; falls nicht doch mal ein Moment kommt, an dem ich fliehen muss, hinaus aus dem hektischen und beängstigenden Alltag hinein in eine Geschichte, in der ich mich wohlfühlen konnte.

Es ist alles anders gekommen. Ich war nicht im Ausland, habe nicht studiert, war ein Jahr lang hin und hergerissen zwischen allen Optionen, die Türen, die sich plötzlich auftaten. Und dann, nur so zur Sicherheit schrieb ich Bewerbungen und schickte sie an Buchhandlungen.

Falls die anderen Türen sich wieder schließen sollten, hatte ich die Hoffnung, dass die Türen der Buchhandlungen mir offenbleiben würden.

Und dann ist etwas passiert, das mich selbst überrascht hat. Ich habe die anderen Türen selbst geschlossen; habe mich an keiner Hochschule eingeschrieben, habe das Studienangebot meiner Traum-Universität in Schottland ausgeschlagen und habe meinen Ausbildungsvertrag unterschrieben.

Und Warum? Das kann ich gar nicht in Worte fassen. Aber schon beim Bewerbungsgespräch und der darauffolgenden Probearbeit habe ich mich so wohl und glücklich gefühlt wie schon lange nicht mehr. Plötzlich war ich umgeben von anderen Menschen, die es verstehen, wenn man andächtig über Buchrücken streicht. Wenn man mal sein halbes Monatsgehalt für Bücher ausgibt. Menschen, die verstehen in ein Buch abzutauchen und nie wieder an die Oberfläche treiben zu wollen.

Ich habe einen Beruf gefunden, der mir einen Alltag gibt, aus dem ich nicht in die Welt der Bücher fliehen möchte, denn im weitesten Sinne arbeite ich nun dort: in der Welt der Bücher – die Buchbranche.

In kürzester Zeit habe ich mich in den Beruf der Buchhändlerin verliebt, habe den Ort gefunden, an den ich gehöre.

Da wusste ich – hier bin ich richtig und was immer nur Plan B war; immer nur „für zwischendurch", „danach kann ich ja immer noch was anderes machen" wurde mehr und mehr zu „hier bleibe ich vielleicht bis zur Rente".

Und wenn ich so zurückblicke auf die letzten Jahre muss ich sagen, dieser Beruf hat mir so gutgetan. Ich bin über mich hinausgewachsen, habe mich herausgewagt aus mir selbst und bin zu der Person geworden, die ich nun bin und die ich auch für immer bleiben möchte. Ich fühle mich nicht nur unendlich wohl in meinem Beruf, sondern auch unendlich wohl in meiner eigenen Haut, meiner eigenen Geschichte.

Jetzt bin ich Buchhändlerin (naja bald zu mindestens) – werde es für immer sein. Dieser Beruf ist nun auch irgendwie Teil meiner Persönlichkeit. Und ich weiß, egal was ich vielleicht noch ausprobieren möchte im Leben, wo immer ich noch landen werde: die Buchbranche möchte ich niemals wieder verlassen. Hier möchte ich bleiben, mir mein Häuschen bauen und alt werden.

In diesem Zuge ein herzlicher und riesig großer Dank an alle meine KollegInnen, die mir in den letzten drei Jahren gezeigt haben, wie wunderbar und einzigartig unser Beruf doch ist.

Deike Sophie Wendt

Auszubildende im Buchhandel, 3. Lehrjahr

Saskia Sophie Martens

Die Sache mit dem roten Faden

Der rote Faden ist etwas, was sich eigentlich einmal durch eine gesamte Idee schlängeln sollte. Etwas an dem man sich festhalten und entlanghangeln kann, wenn man einmal vom Weg abgekommen ist. Leider war es genau dieser Faden, den wir am Anfang nicht gefunden haben.

Ich persönlich hatte keine Ahnung was ich mit meinem Leben anfangen möchte, nachdem ich von meinem Auslandsjahr aus Neuseeland zurück gekommen bin. Also bin ich ein paar Monate von Praktikum zu Praktikum gestolpert und habe gehofft irgendeinen Anhaltspunkt zu finden. Vergeblich. Bis ich in meiner Lieblingsbuchhandlung diesen seltsamen roten Faden ergriffen habe, der mich letztendlich genau dort hingeführt hat, wo ich jetzt gerade bin. In eine Buchhandlung oder in den wunderschönen Ort Malente. Hier haben wir angefangen und wurden zwischen Saftbändern, Eyecatchern und Konjunkturkurven auf das Leben vorbereitet. Wir haben uns im Laufe der Jahre von kleinen Azubis, die mit leuchtenden Augen über Bücher reden zu inzwischen fast vollwertigen Buchhändlern entwickelt, die immer noch mit leuchtenden Augen über Bücher reden Zu Buchhändlern, die nun vielleicht vor der größten Herausforderung ihrer Schullaufbahn standen: Dem Marketingprojekt.

Genau das war der Punkt, an dem der rote Faden, den ich im Laufe des Textes tatsächlich ein bisschen verloren habe, wieder ins Spiel kam. Denn auf der Suche nach der perfekten Idee, konnte nun nicht jeder mehr seinem eigenen roten Faden folgen. Irgendwie mussten wir alle zusammen bringen. Wir waren zu diesem Zeitpunkt zwar nur neun Leute, deren Fäden wir miteinander verflechten mussten, aber das kann (nach inzwischen eigener Erfahrung) doch schon ein schwieriges Unterfangen sein. Alles was wir aus unseren Ideen bekommen haben, war also ein Knäul aus miteinander verknoteten Fäden. Und was noch schwieriger ist als Ideen miteinander zu verflechten, ist es Knoten zu lösen. Vor allem, wenn sie besonders fest sind oder zwei Leuten von unterschiedlichen Enden immer noch daran ziehen. Wir verschwendeten also zugegeben mehr Zeit damit unsere Ideen rückgängig zu machen, als sie wirklich auszuarbeiten. Als wir es dann schließlich doch geschafft hatten, ist jeder von uns schließlich voller Vorfreude und Tatendrang in den Wald aus unseren Ideen, die wir alle zwischen zwei Buchdeckel bringen wollten, gewandert. Und, wie sollte es auch anders passieren, wir haben uns verloren, wie es in jedem schlechten Horrorfilm ist. Eine solche Zeit des Grauens sollte nun auch über uns herein brechen. Denn nachdem wir uns aus den Augen verloren hatten, war es das. Unsere sorgsam verflochtenen Fäden trennten sich wieder voneinander. Sie haben sich nun um andere Gedanken geschlungen. Gedanken, die in diesem Moment wichtiger waren. Der Wald war wie ausgestorben. Keine einzige farbenfrohe Idee hing mehr an den sonst so bunten Bäumen. Es war Winter geworden. Im Schnee sah man zwar noch Fußspuren, die darauf hindeuteten, dass sich hin und wieder doch nochmal jemand hier her verirrt hatte, aber die Spur eines roten Fadens suchte man vergeblich. Auch meine Fußspuren muss man zu diesem Zeitpunkt dort gefunden haben, denn immer wieder kam dieses „Ihr solltet bald wirklich mal anfangen" in meine Gedanken, das aber meist recht schnell wieder verdrängt wurde. Bis zu diesem einen bedeutungsvollen Tag, an dem ich ein Buch geöffnet habe und mir daraus zwar kein roter Faden, dafür aber ein graues Kohortenbändchen entgegen gefallen ist.

Als kurze Erklärung: In der Schule wurden wir aufgrund von Corona in verschiedene Kohorten eingeteilt und durch ein farbiges Bändchen gekennzeichnet. Wir haben unseren Titel „Kohorte dunkelgrau" oder wie wir uns selbst lieber nannten „Kohorte Buchis" immer voller Stolz getragen.

Aus purer Verzweiflung muss ich es wohl als Lesezeichen verwendet haben. Mit diesem Bändchen war der Gedanke an das Projekt wieder so präsent, dass der rote Faden mich quasi umschlang und mit sich in den Wald zog. Ich fing also wie eine Verrückte an meine gesamte Freizeit damit zu verbringen all meine Lieblingsautoren zu kontaktieren und hatte das Gefühl, dass der Schnee langsam zu schmelzen begann. Aber mir war klar, dass ich das alleine nicht schaffen konnte. Hilfe musste her. Natürlich nicht irgendeine Hilfe. Ich brauchte acht weitere rote Fäden, die sich wieder mit meinem vereinen und uns so auf den richtigen Weg bringen würden. Ganz so einfach wie gedacht, war das leider nicht, hätte ich mir ja denken können. Natürlich war jeder in sein eigenes Leben verstrickt und konnte nicht sofort präsent sein. Einige Tage verbrachte ich damit ein bisschen aufzuräumen, mit Autoren zu schreiben und alles für das große Comeback vorzubereiten. Als es dann soweit war, ging alles ganz schnell. Mit geübten Handgriffen verflochten wir unsere roten Fäden wieder zu einem einzelnen so als wären sie nie getrennt gewesen. Der Wald erwachte wieder zum Leben. Ideen begannen zu wachsen und zu gedeihen. Genauso wie unser Projekt.

Inzwischen sind wir nur noch ein paar Tage davon entfernt, das Buch in den Druck zu geben und ich schreibe an dem letzten Text. Ich glaube kein einziger Text, den ich jemals verfasst habe, liegt mir bisher so am Herzen wie dieser. Für mich fühlt er sich ein bisschen an wie Abschied nehmen. Abschied von meiner Schulzeit, Abschied von meiner Ausbildung und Abschied von vielen wundervollen Menschen, die ich kennenlernen durfte. Ich hasse Abschiede und diesen hier ganz besonders. Mit Tränen in den Augen versuche ich Worte zu finden, die diesem Buch ein würdiges Ende bereiten können. Und um den Abschied nicht so schlimm zu gestalten, würde ich dafür gerne das Zitat eines meiner Lieblingsautoren Walter Moers verwenden. Diese Worte sollte sich jeder zu Herzen nehmen, immer wieder und ganz besonders wenn es ums Lesen geht denn: „Hier fängt die Geschichte an…"

Saskia Sophie Martens

Auszubildende im Buchhandel, 3. Lehrjahr

Danksagung

Ein riesiges Dankeschön an alle AutorInnen, VerlagsmitarbeiterInnen, BuchhändlerInnen, den Börsenverein des deutschen Buchhandels und alle Leserinnen und Leser.

Danke, dass Sie an uns und unser Projekt geglaubt haben und unsere Faszination und Liebe zu Büchern teilen. Ohne Sie wäre das alles nicht möglich gewesen.

Und bei einer ganz besonderen Gruppe an Menschen, die wir nicht vergessen dürfen:

Liebe Lehrerinnen und Lehrer,

Sie haben uns unsere gesamte Schulzeit lang begleitet und uns geholfen. Sie haben Literatur lebendig und jedes noch so langweilige Thema spannend werden lassen. Wir haben so einige wichtige Tipps für unser weiteres Leben von Ihnen bekommen. Zum Beispiel sollte man Tücher in Schaufenstern und auf Tischen mit Vorsicht genießen oder am besten ganz darauf verzichten, Zinsotter sind nur auf eigene Gefahr zu füttern und bei „Der alte Mann und das Meer" sollte man sich auf der Suche nach dem tieferen Sinn nicht verlaufen.

Wer sind wir überhaupt?

Wer es bis hierhin geschafft hat, fragt sich vielleicht wer denn hinter dieser ominösen Abschlussklasse B18 steckt. Das sind wir, die Buchhandelsazubis der Landesberufsschule Bad Malente. Eine kleine Gruppe an Bücherwürmern, die wenn sie könnte, den ganzen Tag damit verbringen könnte Bücher zu verschlingen. Da wir die meiste Zeit in unserem Leben von Büchern umgeben sind, haben wir uns gedacht, dass wir dem Buch einmal die Aufmerksamkeit zukommen lassen, die ihm gebührt. So ist unser Projekt „Gebundene Worte" entstanden.

Wir sind:

Saskia Sophie Martens

Deike Sophie Wendt

Julie Hell

Leonie Eis

Maiken Spingler

Raya Wegner

Femke Scharnowski

Sven Mertens

Livia Fox